初めてお目にかかります旦那様、離縁いたしましょう

朝比奈希夜

STARTS
スターツ出版株式会社

目次

初めてお目にかかります旦那様、離縁いたしましょう

序章

時明かりが闇を押しのけ、薄くかすかな光が霞がかった空をにじませてきた頃。

彩葉は、長い髪を揺らして懸命に足を動かし、庭を駆けた。この機会を逃したら、次はいつ会えるのかわからないからだ。

「お待ちください」

彩葉の声に反応してぴたりと歩みを止めた男は黒い軍服に身を包んでおり、左腰に差してあった刀をすっと抜いた。警戒されているのだ。

鈍く光る刀にまとわりついた血潮は、独特の生ぐさいにおいを放っており、緊張を煽ってくる。

けれど、ひるむわけにはいかない。もう、終わりにしなければならないのだから。

男まであと数歩。彩葉が足を止めると、男がゆっくり振り返る。すると、黎明の淡い光が男の顔を浮き上がらせた。

多くの勲章が肩や胸に光る軍服と同じ黒い眼帯を右目につけた彼は、返り血を浴びたのか、無駄な肉のついていない頬に血しぶきが飛んでいる。それを少しも気にかけている様子がないのは、それが日常茶飯事だからだろう。

男は高い鼻に切れ長の目を持つ端整な顔立ちをしており、眼帯を隠すかのごとく右に流した長めの前髪は、冷たい風になびいている。

彼の顔を初めて見た彩葉は、驚きのあまり言葉をなくした。なぜなら、眼帯の下の目はえぐられ、恐ろしい相貌をしていると聞いていたのに、見惚れるほど美しかったからだ。

　とはいえ、顔についた血を拭いもせず平然としている姿はどこか異様で、背筋に冷たいものが走る。

――間違いない。彼が私の……。

　彩葉はかすかに湿った地面に正座して、口を開いた。

「初めてお目にかかります。あなたの妻の彩葉と申します。どうか、私と離縁してください」

　男をまっすぐに見つめて彩葉が伝えると、彼は目を大きく開き、驚いた様子を見せる。

　刀を鞘に収めた彼は彩葉に歩み寄り、形の整った唇を動かした。

「彩葉……」

　口から飛び出したその声は、想像していたよりずっと澄んでおり、血しぶきを浴びたおどろおどろしい姿からは想像できないほど柔らかい。

　彼は彩葉に向かって左手を伸ばしてきたが、頬に触れる直前に引いてしまった。

　切なげに眉をひそめる彼は、その刹那、感情のない能面のような表情に変わる。そして踵を返して、大きな洋館の玄関へと進んだ。

──やはり、怒っていらっしゃるわよね。助けていただいたのに、こんな勝手なお願い……。

でも、もうこれ以上迷惑をかけるわけにはいかない。どうしたらわかってもらえるのだろう。

「……うっ」

視線を地面に落とし唇を噛(か)みしめる彩葉の耳に、かすかな唸(うな)り声が届く。

驚いて顔を上げると、寸刻前まで威風堂々としていた男が胸のあたりを押さえ、その場に片膝をついて頽(くずお)れた。

「どうされた──」

「近寄るな」

彩葉が立ち上がって駆け寄ろうとするも、夜陰を切り裂いて吹く北風のように冷たい声で制されて、動けない。

「私は離縁するつもりなどない」

「えっ……」

彩葉の申し出をあっさり退けて立ち上がった彼は、胸を押さえたままよろよろと屋敷へと進み、扉を開ける。

「待ってくだ──」

「近寄るなと言っているのだ。今すぐここを去れ」

再び歩み寄ろうとしたものの、腹の底から絞り出したような低い声に縛られて、動けなくなる。

離縁するつもりはないのに、近寄ることも許されないとは、いったいどういうことなのだろう。

彩葉は混乱したが、それより目の前の彼が心配でどうしても離れられない。

「ですが……」

「……頼むから、近寄らないでくれ」

これまでの張りのある声とは一転、どこか憂いを含んだそれで懇願した彼は、彩葉を拒絶するがごとく、屋敷に入ると重い扉をぴしゃりと閉めた。

赤い目を持つ少女

天崇国の帝都の西に平屋の大きな邸宅を構える久我家は、外国から輸入した珍しい舶来品を並べる唐物屋、久我商店を営んでいる。富裕層や在留外国人から重宝されて、祖父、そして父の二代で富を築いた。

久我家の次女として生まれた彩葉は、先日十八になったばかり。三つ離れた兄の平治とひとつ上の姉の春子がいるが、ふたりとは腹違いになる。

その昔、久我家の女中だった彩葉の母は、父に無理やり手をかけられた。子を孕んだと知った母は、この屋敷から逃げて彩葉が四つになるまで女手ひとつで育ててくれた。けれど病のせいで思うように働けなくなり、彩葉を久我家に預けたのだ。

義母はいわば妾腹の子である彩葉を当然気に入らず、娘としては愛してもらえるはずもない。春子に新しい着物が届いても、彩葉にはもちろんなかった。

それだけならいくらでも耐えられた。彩葉が欲しいのは華やかな着物ではなく、誰かの優しさだったのだから。

母から離れて寂しい思いをしている彩葉が望んだ優しさは、久我家にはひと欠片も落ちてはいなかった。

義母は、まだ幼い彩葉を女中として扱い、ことあるごとに難癖をつけてなじった。

それを見ていた平治も春子も、同じように彩葉を虫けらのように扱った。

血がつながっているはずの父も彩葉には興味がなく、どれだけみすぼらしい姿をしていても、見て見ぬふり。それどころか、虫の居所が悪いと彩葉に理不尽な怒りを向け、ときには拳を振り下ろし、ときには罵声をぶつけた。

「彩葉、もたもたしないで！」

義母から疎まれ女中として働く彩葉は、擦り切れた藍鼠色の着物を纏い、疲労のあまりふらふらと歩みを進める。そんな彩葉に罵声を浴びせるのは、姉の春子だ。

「こちらでよろしいですか？」

彩葉が春子に梅紫色のリボンを差し出すと、春子は涼しげな目をつり上げて不機嫌を表し、彩葉の手を払いのけた。

「この着物に合うリボンはこれじゃないでしょ」

淡紅藤色の地に饅頭菊が描かれた華やかな着物を纏う春子は、眉間に深いしわを寄せて憤り、彩葉を侮蔑の眼差しで貫いた。

「申し訳ありません」

彩葉が素直に首を垂れたのは、ここで言い返しても罵倒の声が大きくなるだけだと知っているから。春子は彩葉をこうして謝罪させては優越感に浸るのがなによりも好きなのだ。

「自分で選ぶからもういらないわ」

春子は、胸のあたりまであるまっすぐな髪の彩葉とは違い、ほどよい癖のおかげでふんわりと優しげな雰囲気を作り出す自慢の長い黒髪に触れながら、冷たく吐き捨てた。

「お父さまも、いつまであなたをここに置いておくつもりかしら。呪いが移る前に出ていきなさいよ！」

毎日のように繰り返される台詞（せりふ）に、彩葉はただ目を伏せて時間が過ぎるのを待った。

まともに学校に通わせてもらえなかった彩葉には、学がない。

春子が捨てた教科書をこっそり手に入れて必死に文字を覚えたが、あるとき見つかってしまい、折檻（せっかん）されるありさま。それ以降は学ぶこと自体あきらめてしまった。

そのため、まともな仕事にありつくのも難しく、今は久我家にしがみつくしかないのが現状なのだ。

なにせ病で臥（ふ）せり病院にいる母の治療費は、彩葉には到底払えないほど高額だから。

情けないけれど、頭を床にこすりつけてでも父に頼るしかなかった。

しかし、呪いなどないと言いきれる。移るものであれば、もうとっくに移っているだろう。

「言い返しもしないのね。意思のない呪いの人形さん」

春子は彩葉を見下すように言った。

春子が〝呪い〟という言葉を使うのは、彩葉の左目が赤く染まっているからだ。

どうやらこの屋敷に来たばかりの頃はそうではなかったようなのだが、七歳になる寸前に高熱を出して道端で倒れているところを発見され、それから左目だけ赤くなってしまったのだとか。

そのとき診察した医者が彩葉の肩に大きな傷を見つけ、魔獣（まじゅう）に歯を立てられたものだと診断した。

魔獣は帝都近くの泉下岳（せんか）という険しい山に多く潜んでおり、その数は計り知れない。虎に似ているが人間の大人の背丈よりずっと大きく、鋭い歯や牙を持つという。人間の血や肉を好む魔獣は、夜陰に乗じて行動を起こし、しばしば人を襲うため恐れられている。

帝都の優秀な軍人で結成された魔獣討伐専門の軍隊が夜な夜な出動し、平穏を守ってくれている。

その魔獣にひとたび襲われると生きて帰れないと噂（うわさ）されており、噛まれながらも生還した彩葉は、好奇の目にさらされることとなった。魔獣の脅威から逃れる方法を知りたい帝都の人々にとって、生きて戻った彩葉は一縷（いちる）の望みだったのだ。

そのため、魔獣に襲われたときの様子を根掘り葉掘り聞かれたが、目を覚ます以前の記憶がすっかり消えており、自分が何者なのかもわからないありさま。皆をがっかりさせることしかできなかった。

体が回復するまでの間世話をしてくれた女中から、生い立ちや実母について聞かされて、それらについては思い出したものの、魔獣に襲われたときの記憶はとうとう戻らなかった。

赤い目も同様で元通りにはならず、魔獣の呪いを背負った少女だという噂がまことしやかにささやかれるようになり、彩葉はいつしか久我家の恥さらしとなってしまったのだった。

春子は〝意思のない呪いの人形〟と揶揄するけれど、もちろん彩葉には意思が備わっている。

久我家の人々から与えられる苦痛は、筆舌に尽くしがたいほど。けれどももっとつらいのは、現状をどうにもできず罵倒に耐えるしかない自分の力のなさだ。

黙り込んだ彩葉を見てにやにやといやらしい笑みを浮かべる春子は、立ち上がるとわざとぶつかってから部屋を出ていった。

忌々しいこの赤い目がいけないのだろうか。けれど、目が赤いこと以外、春子たちとなんら変わりない人間だ。

自分も久我の父と義母の間に生まれていれば……愛されたのだろうか。

ふとそんなことを考えたものの、考えたところでどうにかなるものでもない。それに、意地悪な春子のようになりたいかといえばそうでもなく、彩葉は自分の存在がなんなのかよくわからなくなった。

空に粉雪が舞い、外に出るだけで鼻のてっぺんが赤くなるほど冷えたその日。
彩葉はあかぎれだらけの手に息を吹きかけながら、帝都の街に出かけた。義母から届け物のお使いを頼まれたのだ。

一歩足を踏み出すと身を切るような寒さに襲われるが、久我の屋敷から解放される貴重な時間でもあり、むしろありがたい。

無事に届け物を済ませたあとは、街のはずれにある病院へ向かった。もちろん母に会うためなのだが、いい顔はされないため久我家の人たちには秘密にしてある。

帰りがあまり遅くなると、罵声が飛んでくる。急がなくてはならないのに、薄い着物一枚で、おまけに足元は裸足に草履。寒さに震えて思うように進めなかった。

しかも、母がいる病院に行くためには久我商店の前を通らなければならない。

店には後継ぎである兄の平治がいるはずだ。平治に見つかると面倒なことになる。
彩葉は緊張しながら足を進めた。

なんとか見つからずに通過できたと安堵したそのとき、目の前を駆けていった五、六歳くらいの男の子が足を滑らせて顔から転んでしまった。

「うわぁん、痛いよー」

「大丈夫?」

彩葉は慌てて駆け寄り、男の子を抱き上げる。すると鼻から血が出ていたので、とっさに着物の袖で押さえた。

「お顔、痛いわよね。ほかには? けがしてない?」

彩葉が足や手を確認し始めると、男の子がガタガタと震えだす。

「寒いの?」

「……あ、赤い。目が……目が……」

「あっ」

自分の左目が赤いことをすっかり忘れていた。

とっさに手で目を隠したものの、男の子は渾身の力を振り絞り、彩葉の腕から逃れて地面に転がる。

「嫌だ。怖い……。母ちゃん!」

「一郎!」

そのとき、男の子を捜していたと思われる母親らしき女性が、髪を振り乱しながら駆け寄ってきた。

一郎をしっかりと抱きとめた母親は、彩葉を見て目を見開いている。

「母ちゃん、目が……」

「見てはいけません。あなたも呪われてしまうわ」

久我家の人たちから散々そう罵られてきたけれど、誰にとってもこの赤い目は忌々しいものなのだと改めて突きつけられた彩葉は脱力した。

この子を助けたかっただけ。それなのに……。

「ごめんなさい」

彩葉は弱々しい声で謝罪をしたあと、親子に背を向け歩きだした。

こうした心ない言葉には慣れたつもりだった。けれど、空から落ちてくる雪が心臓にまとわりつくかのように、心が凍っていくのを感じる。

母親は一郎の手を引いて、離れていった。

気を取り直して病院に向かおうとしたそのとき、背後に気配を感じて息を呑む。

「なにしてんだ、お前」

彩葉を呼び止めたのは、傘を持ち、くぼんだ目でにらみつけてくる平治だった。

さっきの騒動で気づかれてしまったようだ。

「八百屋はこっちにはないが。仕事をさぼって病院か」

「違います」

こっそり母に会っていることを知られては、二度と見舞いに行けなくなるかもしれない。

彩葉は手に汗握りながら、嘘をつく。

「それじゃあ……」

にやりと笑う平治は、手を伸ばしてきて、なにかをすっと奪っていった。

「身なりを整えて逢引きでもするつもりか」

「あっ、返してください！」

彩葉は焦った。着物の帯に挟んでおいたつげの櫛に気づかれて、取られてしまったからだ。

「こんな高級品、どうしてお前が持っている。どこで盗んだ」

「盗んでなどいません！」

この櫛は、久我家に引き取られたときに母が唯一持たせてくれたものだ。記憶をなくしたときでさえ、手放してはいけないとわかったくらい大切なもの。

病に臥せる母は視力を失っており、彩葉がみすぼらしい着物を纏っていても気づかない。しかし、顔や髪を触って彩葉を確認するため、いつもこの櫛で髪を整えてから病室に入るのだ。もちろん、母を安心させるために。

「お願いです。返して！」

腕に飛びついて取り返そうとした衝撃で、平治は手に持っていた傘を落としてしまった。彼の短い髪や着物に容赦なく雪が吹きつけ、とびきり不機嫌になる。

「なにするんだ」

「お兄さま、お願いです。それだけは返してください」

再び手を伸ばすも振り払われ、冷たい雪の上に倒れ込んでしまった。

「ただでさえ久我家の恥さらしなのに、盗みにまで手を染めるとは、あきれたやつだ。お前を妹だと認めたことなどないんだよ！」

平治はそう言い放つと、倒れた彩葉の腹を思いきり蹴飛ばした。

一度兄を怒らせると、気の済むまで殴られるしかない。抵抗すれば折檻の時間が長くなるだけ。

あきらめた彩葉は、できるだけ体を丸くして目を閉じ、暴力に耐えた。

雪が次第に強くなり、手足の先が凍ってしまいそうだ。しかしつらくても、もう涙すら出なかった。

次の蹴りが来ると覚悟したそのとき、ドサッという大きな音が聞こえて、暴力が止まった。

おそるおそる目を開くと、黒い軍服に身を包んだ背の高い軍人が、倒れ込んだ平治に刀を向けている。

雪が激しくなってきたうえ彩葉に背を向けており、その軍人がどんな表情をしているのかわからなかった。

「誰だよ、てめぇ！」

「自分より弱い者に手を上げるとは、情けない男だ」

軍人が低い声でそう言い捨てたとき、別の軍人ふたりが彩葉を抱き起こしてくれた。

「そのお嬢さんを屋根の下へ」

「承知しました」

平治に刃を向けている軍人のほうが階級が高いようで、指示を出している。

櫛は気がかりだったが、平治に蹴られた腹がひどく痛み、軍人ふたりに抱えられるようにして近くの民家の軒下に移動した。

軍人に刃を向けられた平治は、雪の上を這ったままあとずさり、やがて立ち上がって逃げていく。

「大丈夫ですか？」

「はい、ありがとうございます」

ふたりのうち、背の低いほうの軍人に尋ねられて答える。彼は彩葉の赤い目に気づいたようで一瞬ギョッとしたものの、すぐにもとの表情に戻った。

雪が降っていてよかった。安心したあまりこぼれた涙には気づかれなかったようだ。

もうひとりは、上官と思われる男のところまで行くと、戻ってきて彩葉になにかを差し出した。

「あっ……」

「大切なものなのですよね。お渡しするようにと」

「はい。母からもらったんです。よかった……」

彩葉はつげの櫛を胸に抱き、喜びを噛みしめる。

「我々はこれから任務がありますゆえ、ここまでしかお手伝いできず、失礼いたします」

ふたりはきびきびした動作で敬礼すると、上官のもとに駆けていく。

「お礼を……」

上官にも直接お礼を言いたかったが、蹴られた痛みですぐには立ち上がれず、三人は雪の中へと消えていった。

◇◇◇

雪が帝都の空を白く染めた日。

帝都陸軍第一部隊を率いる東雲(しののめ)惣一(そういち)は、元首(げんしゅ)に謁見(えっけん)し軍の報告をした帰りに彩葉を見かけて、衝撃を受けた。

最後に彼女の姿を見たのは、もう十一年も前になる。

久我家で幸せに暮らしているとばかり思っていたのに、擦り切れた薄い着物を纏い、芯から冷えるというのに裸足に草履姿。腕は折れてしまいそうなほど細く、満足に食べていないのか頬もこけていた。

けれどひと目で彼女だとわかったのは、赤く染まった瞳が見えたからだ。

魔獣討伐を請け負う惣一は山へと入らなければならない時間が迫っていたものの、無意識に彩葉を目で追っていた。

幼い子を助けた彼女が赤い目のせいで非難されているのを見て胸が痛んだが、出ていけなかった。軍人が介入すれば大事になってしまう。

「東雲総帥。先に行かれたと思っておりました」

彩葉を盗み見ていた惣一のところに、直属の部隊の者がふたり駆け寄ってきた。

「いや、ちょっとな。それでは行くか」

惣一が足を踏み出そうとしたとき、突風が吹いて、たちまち視界が悪くなる。こんな日の討伐は難航を極めるが、魔獣はいつ出没するかわからない。行かないわけにはいかなかった。

彩葉が気になり、うしろ髪を引かれつつも歩きだすと、「お願いです。返して！」という声が聞こえてきて、振り返った。

するとすると彩葉が冷たい雪の上に倒され、兄とおぼしき男から暴行を受けている様子が視界に飛び込んできて愕然とする。

すぐさま駆けつけ引きはがすと、力が入りすぎたようで兄は吹っ飛んだ。視界を遮るほど激しくなった雪のせいで兄の顔ははっきり見えなかったが、向こうも惣一が軍人だと認識できなかったのか、「誰だよ、てめぇ！」とみっともなくすごんだため、刀を抜いた。

自分の力はわかっているつもりだ。人間相手に刀を振れば、あっさりと殺めることができる。だからこそ、これまで街中では一度も刀を抜いたことはなかった。

しかし、どうにも我慢ならなかった。

自分よりずっと弱い者に手を上げるという、決してしてはならない行為に。いや、惣一がこの世で一番大切に思う彩葉が傷つくことに、激しい憤りを抱かずにはいられなかったのだ。

刀を向けて足を踏み込むと、兄はさすがに相手が軍人だと気づいたようで、すぐさま逃げていった。

直後、惣一はなにかを踏んでしまったことに気づいた。手に取ると、見覚えのあるつげの櫛だったため、櫛についていた雪を払う。

これは、彩葉が宝物のように大切にしていた、母からの贈り物だ。

櫛を拾った惣一は、部下に頼んで彩葉に渡してもらった。

本当は、傷ついた彩葉を抱きしめて無事を確認したかった。冷えきっているだろう手足を、自分の体温で温めてやりたかった。

しかし、彼女の記憶に自分はいない。そんなことをしたら、驚くどころか恐怖を抱くだろう。

惣一は知っていたのだ。街の一部の者から、殺人鬼だと恐れられているのを。眼帯の下の目がえぐられており、おぞましいと語り継がれているのを。

そんな噂があるのにもかかわらず刀を抜いてしまった惣一は、これ以上彩葉をおびえさせてはならないと部下に櫛を託したのだった。

しかし、そのときに決めた。

久我家に置いてはおけない。彩葉は自分が守ると。

そもそも惣一は、彩葉の幸せを願って距離をとったのだ。彼女が笑顔でいられないのであれば、もう遠慮はいらない。

「彩葉……」

惣一は無意識に眼帯をしている右目に触れ、彼女の名をつぶやいた。

あの雪の日から五日。

平治は彩葉を呼んだ。

「今すぐ、この書簡を郵便局に出してこい。今日中に出さねば間に合わない。郵便箱ではだめだ。局に直接持っていけ」

まもなく宵を迎えようとしている空は、灰色の雲が広がっており少々不気味だ。もっと早く言いつけてほしかった。

しかし、もちろん反論など許されない彩葉は、平治から書簡を預かり屋敷を出た。

見れば、高利貸しへの書簡のようだ。

父は博打に走り、兄は芸者遊び。せっかく店がうまくいっていたのに、久我家は今や火の車だ。返済を待ってほしいという依頼に違いない。

郵便局は、久我の屋敷から山のほうに向かわなければならない。

暗くなると活動を始める魔獣は、主に泉下岳に潜んでいると言われているが、このあたりの山でも目撃されたことはある。そのため、日が落ちたあと外をうろつく者などいないのだ。

彩葉は以前、帝都の有名な絵師が描いた魔獣の絵を、古物商店で見たことがある。

迎え撃つ軍人に向かって大きく口を開けた魔獣は、白い毛を持つ虎のような姿をしていた。尖った牙をむき出しにして、今にも襲いかからんばかりに踏み出した足には、長く鋭い爪。しかも、軍人の背丈をはるかにしのぐ大きさで、絵だというのに、背筋に嫌な汗をかいたほどだ。

そして、魔獣の真っ赤な目が自分と同じで、やはり呪いがかけられているのかもしれないと落胆した。

一方で、あんなものに襲われながらも生きて戻った自分が不思議だった。

記憶に残っていないとはいえ、魔獣に襲われた経験を持つ彩葉は、夜の闇が怖くてたまらない。

蒼然とした夕暮れの中、彩葉は必死に足を動かした。

無事に郵便局に到着し書簡を局員に渡せたのはよかったが、天気が悪いのもあり、すでに空には冷暗が広がっている。

「怖い……」

けれど進むしかない。朝までここにいては、魔獣の餌食（えじき）になってしまう。

ひとつ大きな呼吸をして気を立て直したあと、駆け出した。

なんとか屋敷に着いた頃には息が上がり、玄関で座り込んでしまうありさまだ。

久我家はどうなってしまうのだろう。命からがら書簡を届けたとて、借金がなんとかなるとは思えない。

そうなったら真っ先に切り捨てられるのは、彩葉と病床にある母だろう。

久我家を飛び出して、どこか別の家で住み込みの女中をしようか。それならば、学がなくてもなんとかなる。

「無理か……」

女中の給金では、自分が生きていくのに精いっぱいで、母の薬代すらまかなえない。しかも、気味が悪いと誰もが逃げていくこの赤い目を持つ限り、雇ってくれる家などあるはずもなかった。

彩葉は、妙な焦りを感じていた。


書簡の効果などまるでなく、それから毎日のように風貌の悪い男たちが久我家に押しかけてくる。借金取りだ。

男に胸倉をつかまれてすごまれた平治は意気消沈しており、屋敷にひりついた空気が漂っていた。

平治は先ほどから何度もそろばんをはじいては、盛大なため息をついている。

「くそっ。なんで借りた金が倍になってるんだ！」

不機嫌をあらわにする彼は、そろばんを壁に投げつけた。

「彩葉はどこだ」

そのとき、金策に駆けずり回っていたはずの父の声が玄関から聞こえてきたため、慌てて出ていく。

「ここにいたのか」

彩葉に優しい笑みを向ける父がやたらと上機嫌なのが不思議だ。

「彩葉。お前のもらい手が決まった」

「もらい手？」

「婚姻の申し入れがあったのだよ」

父の言葉に耳を疑う。

赤い目を恐れられ、まともに近づく者などいない自分に求婚なんて。結婚とは一生縁がないと思っていたのに。

愕然としている彩葉を前に、父は饒舌に語る。

「聞いて驚くな。お相手は、帝都陸軍第一部隊を率いる陸軍総帥の東雲惣一さまだ。ようやく我が家に恩を返せるな、彩葉」

「陸軍総帥？」

彩葉の知らない階級が出て尋ねると、父は頬を緩めてうなずいた。

「そうだ。陸軍の頂点に立たれるお方だ」

「頂点？」

そんな地位ある人が、なぜ自分に白羽の矢を立てたのか、さっぱり理解できない。

「東雲さまは、結納金も弾んでくださるそうだ。しかも即金で」

父の機嫌がなぜよいのか、彩葉は察した。その結納金で借金を清算しようとしているに違いない。

──軍人さまに嫁ぐなんて……。

彩葉は、雪の日に助けてくれた軍人を思い出す。

颯爽と現れ、平治を制してつげの櫛を取り返してくれた軍人はすこぶる紳士だった。だから彩葉の中では、優しい人たちという印象がある。

けれどひとたび街に出ると、腰に刀を差し、目を鋭く光らせる彼らを恐れている者は多い。人を殺めることに慣れているという噂も聞く。

この天崇国の治安を守る軍人は、英雄であるとともに畏怖の対象でもあるのだ。

もしかしたら彩葉が出会ったあの軍人たちが優しいだけで、その東雲という名の陸軍総帥は冷酷である可能性もある。

たとえそうであったとしても、彩葉に断る権利などない。久我家では、意思のない──いや、意思を持ってはならない人形なのだから。

「東雲さまは、私のこの目をご存じなのですか？」

それだけは聞いておかねばならない。もし知らずして求婚しているのなら、破談になること間違いなしだからだ。

「知っているようだぞ。それでも妻にと求めてくださるのだから、感謝しなさい」

「は、はい」

まさか、呪われた目を受け入れてくれる方がいるとは。

彩葉は驚きとともに、なにか裏があるのではないかと疑う。わざわざ忌み嫌われている自分を嫁に迎えたいというのが理解できない。

「忙しくなるぞ。平治はどこだ」

頬を緩めた父は、彩葉の意思を確認するまでもなく奥へと入っていった。


それから十日。

屋敷に立派な絹の白無垢が届き、彩葉は目を見開いた。

「あなたにこんな高級品、似合うわけがないのに」

白無垢の袖に触れながら、義母がそう言い捨てる。

どうやら東雲家が彩葉のために用意してくれたもののようだ。

彩葉は知らなかったのだが、陸軍総帥というのは陸軍の頂点どころか、国を治める元首に謁見が許されている唯一の軍人らしい。

そのように高い地位にある方がなぜ自分を妻にと望むのか、ますますわからなくなった。

しかも、一度も彩葉を訪ねてくることはない。

父の話では忙しい方らしく、祝言のときが初顔合わせになるとか。父も東雲家の侍従から話を持ちかけられただけで、本人とは会ってもいないという。

それなのに嫁ぐ彩葉の心配などまったくせず、結納金に目がくらんであっさり婚姻を了承してしまう父が恨めしい。

陸軍総帥という地位にある方なのだから、もしかしたら父より年上の可能性もある。そうであれば、初婚ではないかもしれない。

けれど彩葉は、あえて父になにも聞かなかった。聞いたところでどうにもならないのだから。

「これくらいしないと嫁が来てくれないのよ。東雲さまも必死なんだわ」

春子が気になることを口にした。

『これくらいしないと』とはどういう意味なのだろう。

「そうね。お若くして陸軍総帥でいらっしゃろうとも、嫁に行くのは嫌よねぇ」

意味ありげな笑みを浮かべて春子に同調する義母は、彩葉に冷たい視線を送る。

彩葉の予想とは違い、夫となる方は若いようだが、それならなぜ嫁に行くのを皆ためらうのだろう。

若くして軍の頂点に立つような人であれば、将来も期待されているはずだ。それこそ帝都の有力者の娘がこぞって妻に立候補しそうなものなのに。

「あの……なぜ東雲さまの妻になるのが嫌なのでしょう」

彩葉が尋ねると、春子が勝ち誇ったように笑って口を開いた。

「世間知らずのあなたに教えてあげる。東雲さまが率いる帝都陸軍第一部隊は、魔獣討伐をする部隊なの」

「魔獣……？」

彩葉は無意識に自分の左目に触れた。

もう一生、魔獣とはかかわりなく生きていきたかったのに。

「東雲さまは最前線に立っておられてお強いらしいわ。だから政府は、彼に信頼を置いているそうよ。でもね……」

春子がにやにや笑うので、嫌な予感がしてならない。彼女がこういう顔をするときは、決まって次のひと言で彩葉を地獄に突き落とすからだ。

「昔、出征中に魔獣に目をくりぬかれて、あまりにひどい形相になったから眼帯をしていらっしゃるそうよ」

「目を？」

そうであれば、自分も魔獣に襲われたとき、くりぬかれる寸前だった可能性もある。たとえ赤くなったとしても、残されていたことが奇跡なのかもしれない。そう考えると、震えが止まらない。

「ええ。東雲さまのお顔を知っている者が軍の関係者以外にほとんどいないのは、彼が醜い顔をさらしたくなくて、昼間は外にお出にならないからなんだって」

　春子のにやつきは収まらない。

　そんな人に嫁がされる自分をばかにしているのがありありとわかった。

「もうひとつ、教えておいてあげるわ」

　今度は義母が口を開く。

「東雲さまのお姿を帝都の者が目の当たりにすることはまずないのだけど、朝、帰還されるところを偶然見た人がいるらしくて。それがねぇ……」

　義母は、彩葉の恐怖を煽るようなもったいぶった言い方をして、春子と顔を見合わせる。

　その先を早く知りたい彩葉は、はやる気持ちを抑えて落ち着こうと胸に手を置いた。

「手に持つ刀からは血が滴っているし、顔や体に大量の血しぶきを浴びても拭いもせず、平然としていたそうよ。その狂気に満ちた姿を見た人が、あれはまるで殺人鬼だったたって」

「殺人鬼……？」

　彩葉は目を瞠った。

「ええ。噂によると、東雲さまはひどく冷酷で、魔獣どころか人間さえも斬ることにためらいがないんだとか。虫の居所が悪ければ、あなたも、ねぇ……」

恐ろしいことを口にしているのに、義母の目が笑っている。

「東雲家は、代々魔獣討伐を背負う家門なの。惣一さまはひとり息子らしいから、跡取りが必要なんでしょうね。彩葉。あなたがその跡取りを産むのよ。ひどい形相をした殺人鬼の子をね」

春子はまるで勝ち誇ったかのように言う。

まさか、嫁ぐ相手が殺人鬼と揶揄されるような恐ろしい軍人だとは。

衝撃を受けた彩葉は、動揺のあまり目が泳ぐ。

「噂、ですよね……」

彩葉は恐怖で呼吸が乱れるのに気づきながらも、すがるように尋ねた。

「まあ、そうね。これはあくまで噂。嫁げばわかるわよ。あっ、あなた私のリボンを欲しがっていたでしょう？　どれでも好きな物をあげるわ。冥途(めいど)の土産(みやげ)にね」

春子は、まるで彩葉が東雲家に嫁げば死を迎えるような言い方をする。

春子のリボンを欲しいと思ったことは一度もない。それに、死ぬために嫁ぐつもりなどもちろんなかった。

「狂人と、呪われた娘の婚姻よ。最高にお似合いだわ」

義母の辛辣（しんらつ）な蔑みにいたたまれなくなった彩葉は、久我家を飛び出した。

自分のためにあつらえてくれた純白の白無垢が死に装束になるなんて、絶対に嫌だ。

陸軍総帥にまで上り詰めたお方が、殺人鬼だなんてありえない。刀から滴る血は、魔獣と闘った勇者の証（あかし）。返り血を拭わないのは、力を使い果たして疲れているからだ。

必死にそう思おうとしたが、勝手に涙があふれてくる。その涙を拭くのも忘れて、ひたすら帝都の中心街をめがけて走った。

そろそろアーク灯には明かりがともる。魔獣が活動を始めるため、こんな時間に外を出歩くことなんて普通はないが、どうしても確認したいことがあった。

人影まばらな街の大きな橋を渡り、あたりを見回す。

「どこ……？　今日はいないの？」

彩葉は軍人を探しているのだ。

魔獣討伐を担う帝都陸軍第一部隊は、すでに討伐に出ていて帝都の街中にはいないかもしれない。けれど、それ以外の部隊は残っている可能性がある。

平治に蹴られたあの雪の日。彩葉を助けてくれた軍人たちは、間違いなく優しい心を持ち合わせていた。その頂点に立つ陸軍総帥が、冷酷なわけがない。

義母や春子が話していたことはあくまで噂だと信じたい彩葉は、軍人に尋ねれば、自分の夫となる方の本当の姿を知れるのではないかと思ったのだ。

心臓が破裂してしまいそうなほど走りに走り、とうとう足がもつれて激しく転んでしまった。

「誰か、違うと言って……」

彩葉は地面の砂をつかみ、涙を流す。

「どうされました？」

夜の帳(とばり)が下りるように、彩葉の心が暗影に包まれそうになったそのとき、背後から男性の声がして顔を上げた。

「あっ……」

そこには、黒い軍服に身を包んだ男の姿があり、膝立ちになった彩葉は彼の脚に縋(すが)りつく。

「どうか、どうか教えてください。あなたさまの上官にあたる陸軍総帥さまは、冷酷なお方なのですか？　人をもためらいなく斬る、殺人鬼なのですか？」

顔を涙でぐしゃぐしゃにして尋ねると、軍人は驚いたように目を丸くする。

「あなた、目はどうされたのです？」

「あっ、これは……幼い頃にけがをしたのです。今はなんともありません」

自分の目が赤いことなど、すっかり頭から飛んでいた。慌てて顔を伏せると、軍人は膝をついて彩葉と視線を合わせ、首を横に振った。

「失礼なことをお聞きしました。先ほどのご質問ですが……我が上官の東雲陸軍総帥は、とても立派な軍人です。誰よりも刀さばきがうまく、率先して先頭に立たれる責任感のあるお方。私たち軍人は皆、東雲陸軍総帥にあこがれているのです」

「ほ、本当ですか？」

彩葉の問いかけに、軍人は優しい表情でうなずく。

「我が天崇国の軍の統制が取れたさまは、他国の追随を許しません。それも、東雲陸軍総帥の統率力があればこそ。総帥が望まれるならば、私もこの命を差し出す覚悟があります」

それほど慕われる方が、冷酷な殺人鬼であるわけがない。

軍人の力強い言葉を聞き、ようやく動悸が静まっていく。

「東雲陸軍総帥のことが、どうしてそれほど気になられるのですか？」

「なんでもありません」

自分の夫になる方だとも言えず、彩葉はあいまいに濁して立ち上がる。

「そのようなご立派な方だとは知らず、取り乱して申し訳ありませんでした。私はあなたさまのお言葉を信じます」

もしかしたら、この軍人が嘘をついている可能性もある。

いからだ。

　軍の頂点に立つ人間が、実は殺人鬼だったなんて、国民が受け入れられるはずもな
　そうだとしても、魔獣を抑えられる者が彼しかおらず、残虐性を隠して任務に当たっていると考えられなくもない。

　しかし義母や春子の言葉とて、なんの確証もない。それならば、夫となる方を信じるのが、嫁ぐ自分の役割だ。

　そう考えた彩葉は、完全に落ち着きを取り戻した。

誓いの杯は花嫁ひとりで

久我家の庭の梅の花がちらほらと咲き始めたその日。いよいよ祝言を迎えた。

夫となる東雲陸軍総帥は、結局一度も彩葉の前に姿を現さず、どんな人物なのかいまだ知る由もない。

たとえ夫が帝都の人間から恐れられるような残虐性を秘めているとしても、眼帯の下の目がえぐられていようとも、妻となるからには彼の理解者となるべきだ。

彩葉は、義母や春子から彼について教えられ取り乱したあの日から、散々悩んでそう結論を出した。

どんな方なのかまだこの目で見ていないのに、あからさまに怖がるのは失礼だと思ったのだ。

彩葉は赤い目のせいで、呪われた娘だと散々罵声を浴びてきた。もちろん、彩葉がそばにいたとしてもなんの危険も及ばないし、呪いが移ることもない。しかし、見た目でおぞましい存在だと決めつけられて生きてきたのだ。それと同じことを、自分はしたくなかった。

ずっしりと重い白無垢を纏い、赤い紅を引いた彩葉は、鏡に映っているのが自分ではないような錯覚に陥る。

縁談が決まってからまともなものを食べられるようになったため、幾分か顔色がよくなり頬に赤みが差している。春子に比べると体が細く貧相ではあるけれど、光沢のある上等な白無垢のおかげか、それなりに見えた。

「呪われた娘が、こんな白無垢を着られるとは……」

黒留袖を纏った義母は、晴れの日ですら彩葉をなじる。

「醜い旦那さまに感謝しなさい。お金だけあってもねぇ……」

桜の花を連想させる柔らかな一斤染（いっこんぞめ）の地に、椿や梅が描かれた華やかな振袖を着こなす春子は、義母と目を合わせて意味ありげに笑った。

　このような高級な白無垢は、彩葉には似合わないと言いたいに違いない。

春子の着物は、先日新調したものだ。

どうやらすでに東雲家から結納金が贈られたらしく、金策に走り回らなくて済むようになった父も平治も、穏やかな顔をしている。

借金を完済できて、あの高利貸しから逃れられたのだろう。

ただ、義母と春子の散財は再び始まっており、いずれまた同じ道をたどるのではないかとひそかに感じている。

　もうこの家を出ていく自分には関係ないと言いたいところだが、母の入院費は変わらず父に出してもらうので、まったく無関係というわけにもいかない。

　東雲家に泣きつけば母の面倒も見てくれるかもしれないけれど、すでに多額の結納金を受け取っているため、これ以上はさすがに図々しい。彩葉は久我家のあぶれ者ではあるが、久我家の娘として嫁ぐのだから。

「旦那さま。人力車が到着いたしました」

今日、手を貸してくれている久我商店の従業員の男の声が聞こえてきた。

婚儀は、東雲家で執り行われる。これから帝都の東側にある屋敷まで向かうのだ。

人力車が進む帝都の街では、人々が足を止めて、赤い目を隠すために綿帽子を深く被ってうつむいた彩葉に視線を送る。

「わあ、きれい」
四、五歳くらいの女の子が興奮気味に手を叩(たた)いてくれるも、彩葉の顔はこわばっていた。
夫となる人との初めての対面に緊張しているのだ。

久我商店の前の大通りを東に向かって走ったあと、南へと向きを変える。このあたりは由緒正しき家門が居を構えており、どの屋敷もひときわ大きい。

やがて車夫の足が次第にゆっくりになり、人力車は珍しいレンガ造りの塀で囲われた西洋風の屋敷の立派な門の前で止まった。

出迎えは、白髪交じりの髪を持ち眼鏡をかけた背広姿の初老の男性と、彩葉より少し年上に見える、若草色の着物を纏った女性だ。

「久我さま、ようこそおいでくださいました。主(あるじ)の侍従をしております、今川(いまがわ)と申します。こちらは侍女の奥井でございます」

背筋を伸ばして腰を折る男性は、指先まで神経が行き届いており、所作が美しい。彼の少しうしろで頭を下げる奥井は、彩葉と同じように緊張しているのか、少し笑顔が引きつっていた。

人力車を降りた彩葉は、会釈をする。

――やはり旦那さまは出迎えてくださらないのね。

祝言まで一度も顔を出さなかったので、あまり歓迎されていないのではないかと感じていた。どんな人なのかまだわからないけれど、婚姻になど本当は興味がなく、跡取りをもうけるために仕方なく自分を迎え入れたのではないかと。

けれど、少しは気にかけてほしいなんて贅沢は言えない。これは両家に利がある、いわば政略結婚なのだから。

うしろの人力車から降りた久我の父と義母が、今川と言葉を交わす。

「このたびは娘を迎えてくださり、ありがとうございます。惣一さまは、すでにご準備を？」

花婿の出迎えがないことに、父も首をひねっている。

「まことに申し訳ございません。我が主は先ほど、国からの命により魔獣討伐に駆り出されてしまいました」

「えっ……」

彩葉の口から小さな声が漏れた。

まさか、祝言より軍の仕事を優先するとは思わなかったからだ。

けれど、所詮は政略結婚。ふたりの間に愛などないのだから、おかしくはないと納得した。

「それはあんまりではございませんか？」

父が抗議すると、今川は顔をこわばらせて頭を下げる。

「お怒りはごもっともです。くわしくはお話しできませんが……今回の任務は今まで
と少々異なりまして、天崇国の行く末を左右するような大きなものでございます。主
が向かわなければ、帝都も血の海になるやも知れません」

今川の言葉に、体が震えた。

「惣一さまに危険は及ばないのですか？」

彩葉が尋ねると、今川は驚いたように目を丸くしたが、すぐに表情を緩める。

「ご安心ください。惣一さまの刀さばきは天下一品。魔獣などものともいたしません」

「よかった……」

祝言に出られないくらいなんでもない。命あってこそだ。

「私たちも暇ではないのです。本日の祝言は中止でよろしいですか？　久我家もばか

にされたものだ！　帰らせていただく」

父が啖呵を切ると、今川が慌てだす。

「お待ちください」

止めたのは、彩葉だ。

「惣一さまは、天崇国のために命を懸けて戦っていらっしゃるのです。祝言に顔を出せないくらい、なんということはございません」

「彩葉さま……」

今川が驚いてあたふたしているが、彩葉は続けた。

「私は、惣一さまに嫁ぐためにここに参りました。本日より、惣一さまの妻です。祝言は、私ひとりでお願いします」

彩葉がそう言ったのは、惣一が祝言という仰々しい行為を望んでいないと思ったからだ。

彼にとって大切なのは、軍人として天崇国を守ることであり、妻を娶ることではない。おそらく、跡継ぎさえできれば妻の存在などどうでもよいのだろう。

そうであれば、もう一度祝言をやり直したところで、惣一が出席するとは限らない。

「ひとり……。あはは」

ずっと肩を震わせて笑っていた春子が、とうとう噴き出した。

「まあ彩葉にはお似合いね。つくづくあなたって……」

義母は言葉を濁したが、ばかにされているのは手に取るようにわかった。

春子と義母がせせら笑う中、今川が難しい顔をして口を開く。

「彩葉さま、本当によろしいのですか？」

「はい。杯を交わせばよいのですよね」

肝心の交わす相手はいないけれど、妻として惣一への忠誠を示すことができればいい。

今川に促されて庭に足を踏み入れると、正面に白い壁が印象的な二階建ての立派な洋館がある。それだけでなく、その隣に久我家より大きな平屋の和風建築物もあり、久我家一行は今川に案内されてそちらに足を向ける。

通されたのは、二十畳ほどある大広間だった。

すでに膳が配置してあり、彩葉は高砂の席に座る。隣が空いているのが寂しいけれど、国の一大事なのだから仕方がない。

すぐさま侍女の奥井が酒や料理を運んでくる。

「東雲家ほどの立派な家門に、侍女はおひとりなのですか？」

父が遠慮なしに今川に尋ねた。

「惣一さまは、多くの者をそばに置くことを好まれません。私と、家事を担う奥井だけで十分だとおっしゃるのです」

久我家の屋敷が五つ六つは入りそうな広い敷地に、二軒の家。掃除だけでも大変そうだ。

「そりゃあ、あの乱暴者の面倒なんて、誰も見たくないだろうよ」

平治がぼそりと漏らす。平治も惣一の噂を知っているようだ。

「気難しい方だとお聞きしていましたが、その通りのようですね」

義母が緩む口元を手で隠しながら言う。

いくら本人がいないといっても、仕えている者たちに向ける言葉としては不適切だ。

彩葉はそう感じたものの、ここで義母に指摘してはさらに東雲家に泥を塗る事態になりかねないと、口をつぐんだ。

奥井が持ってきた朱塗りの杯を受け取り、水引の飾りがつけられた銚子からお神酒(みき)を注いでもらい、一気に喉に送った。

酒を口にするのが初めてだったのもあり、口内や喉が熱くてむせそうになったが、なんとかこらえる。

「ははっ、作法もなにもあったものじゃない」

平治が渇いた笑いを漏らす。

「教えていただいたことがございませんので、失礼いたしました」

これは散々痛めつけられてきた平治、そして久我家への、精いっぱいの反逆だ。

反論されるとは思っていなかっただろう平治は、ギョッとした顔をしている。

気乗りしない婚姻ではあったが、惣一というしろ盾があるだけでこれほど強くなれる自分に、彩葉は少し驚いていた。

惣一に、精いっぱいお仕えしよう。たとえ子を望まれているだけの結婚でも、夫婦になるのだから。

彩葉は、そんな気持ちを新たにした。


彩葉がお神酒を口にしたあと、久我家の人たちは帰っていった。

たくさん用意されていた料理が手つかずで残ってしまい、侍女の奥井に頭を下げる。

「お料理を準備していただいたのに、申し訳ございません」

「い、いえっ。頭を上げてください。そもそも惣一さまがお帰りにならなかったのが原因なのですから」

奥井が慌てている。

「私が全部いただいてもよろしいですか？」

といっても、胃袋が大きくないのでそれほど食べられない。それでも、せっかく作ったものを口すらつけられずに捨てられる悲しみを知っている彩葉は、食べなくてはと気負っていた。

「彩葉さま」

今川が彩葉の前に正座をして話し始める。

「久我家でどのような生活をされてきたのか存じませんが、ここでは当主の奥方さまなのです。なにも遠慮はいりませんし、我々使用人への気遣いなど無用です」

「ですが……」

それでは悪いと彩葉が発言しようとすると、今川は柔らかな表情で首を横に振る。

「彩葉さまのお優しい心遣い、しかと受け取りました。せっかくの白無垢姿ですが、惣一さまがお戻りになる気配はございませんし、着替えてゆっくりとご自分の分のお食事を。奥井、彩葉さまをお部屋に」

「かしこまりました」

彩葉は奥井に促され、同じ建物内の別の部屋へと移った。そこも和室で、畳を新調したてなのか、い草のいい香りが漂っている。

「こちらが彩葉さまのお部屋になります」

「私の？」

八畳の部屋の片隅には立派な桐箪笥（たんす）。これも新しく見える。

「もしかして、畳も箪笥も新しくしていただいたのですか？」

「花嫁さまを迎えるのですから、これくらいは当然です。箪笥に着物や浴衣が用意してありますので、どれでもお好きなものを」

奥井が箪笥の引き出しを開けると、白無垢と同様上質な着物が何枚もあり、言葉を失う。

「どうかされましたか？」

「ここから選んでもよろしいのですか？」

「はい。すべて惣一さまが彩葉さまのためにあつらえたものです――」

「全部？」

驚きのあまり大きな声が出てしまい、彩葉は口を手で押さえる。

「ええ、そうですが」

奥井は不思議そうに彩葉を見つめているが、彩葉は開いた口がふさがらなくなった。目の前の十数枚にも及ぶ真新しい着物が、すべて自分のものだなんて信じられない。

「今はどれにされますか？　こちらなんかいかがでしょう？」

奥井は紅梅色の染小紋の着物を取り出した。

「素敵……」

彩葉は近づき、着物に触れて漏らす。目が合った瞬間、奥井は視線をそらした。

「ご、ごめんなさい。この目、怖いですよね」

一歩離れて言うと、奥井は複雑な表情で口を開く。

「……怖くないと言ったら嘘になります。お聞きしていたとはいえ、実際に拝見したら、その……想像以上に赤くて驚きましたし」

奥井の率直な意見に、彩葉はうなずく。

「それなのに、こうしてお部屋に連れてきてくださって、ありがとうございます」

お礼を言うと、奥井は驚いた様子で首を横に振る。

「いえっ。まだ少し怖いですが、惣一さまが片目の色が他人と違うだけで、恐れる必要はないとおっしゃっていましたし、なにより残った料理を気遣ってくださった彩葉さまがお優しい方だとわかりましたから、大丈夫です」

奥井の表情が明るくなったので、彩葉はほっと胸を撫で下ろした。

「奥井さんは、下の名前はなんとおっしゃるのですか？」

「すみと申します」

「それじゃあ、すみさんとお呼びしても？」

尋ねると、すみは一瞬目を見開いたものの、すぐに白い歯をこぼした。

「もちろんでございます。これから彩葉さまの身の回りのお世話をさせていただきます。どうぞよろしくお願いします」

率直に胸の内を明かしてくれた正直者のすみとは、仲良くやっていけそうだ。

「すぐに食事をこちらにお運びします。まずは着替えをお手伝いしますね」

笑顔のすみは、彩葉の白無垢に手をかけた。

すみと今川を食事に誘ったのだが、「使用人と一緒になんてとんでもない」と固辞されてしまい少し寂しい。

これから長くお世話になるのだから交流を深めたかったのだが、残念だ。

「おいしい……」

祝言のために用意された尾頭付きの鯛は、身がふっくらしており塩加減も絶妙だ。

これほど贅沢なものを口にした覚えがない彩葉は、感激のあまり目が潤んだ。

いや、料理がおいしかったのはもちろんだが、久我家の人々の罵声や暴力をもう恐れなくていいのだと思ったら気が抜けたのだ。

惣一がどんな人物なのかまるでわからない。

しかしすみの話を聞いていると、彩葉の目の色が普通ではないと承知しているようだし、嫁入り道具ひとつない自分のために、新しい着物だけでなく部屋まで整えてくれた方が、冷酷だとはとても思えない。

それに、今川もすみも棘のある言葉を一度も口にしないうえ、表情が柔らかい。主が厳しい人であれば、もっと緊張が漂っているものではないだろうか。彩葉が久我家でそうだったように。

彩葉は、ふと窓から洋館を見つめた。

どうやら洋館が東雲家の本邸のようだけれど、主である惣一の部屋はあちらにあるのだろうか。自分の部屋がこの別邸に用意されたのはどうしてだろう。

夫婦は部屋をともにするものだと思っていたので、少し不思議だ。

けれど、これほど大きな邸宅を持つのだから部屋が余っているだろうし、洋室に慣れない彩葉に和室をあてがってくれたのかもしれない。

やがて夜が更け、空に冷たく冴えわたるような月が昇っても、惣一が帰宅する気配はない。

魔獣討伐にはどれくらい時間がかかるのか、はたまた毎日出かけるのか知る由もないけれど、まだ顔すら知らぬ夫の無事を祈ることしかできないのがもどかしい。

なんとか惣一を出迎えたいと思っていたが、祝言の疲れが出たのもあり、いつの間にか眠りに落ちてしまった。

彩葉が衝撃の事実を知ったのは、翌日の昼餉のあとだった。

なぜか表情を曇らせた今川が部屋にやってきて正座し、背筋を伸ばしてから口を開いた。

「惣一さまのことでお話が」

「すみません。昨晩はうっかり眠ってしまいまして、お出迎えもせずお怒りになられているのではありませんか？」

朝餉の折に無礼を謝罪できると思っていたのだが、昨晩と同じようにこの部屋でひとりで食した。昼餉もひとりで、すみに惣一の帰宅について尋ねたが、あとで今川が来るからとなにも教えてくれなかったのだ。

「それが……」

気まずそうに声を漏らす今川を見て、とんでもない粗相をしたのだと焦る。

「直接、謝罪をさせていただけないでしょうか。初日からこのような――」

「そうではないのです」

今川は彩葉の言葉を遮り、意を決したように話し始めた。

「昨日、今回の討伐は『天崇国の行く末を左右するような大きなもの』と申したと思いますが……」

「はい、そうお聞きしました」

「惣一さまが率いる帝都陸軍第一部隊は、通常帝都の近くに下りてきた魔獣を討伐し、人々の安全を守るのが任務です。ところが、斬っても斬ってもきりがなく、魔獣の住処(すみか)を突き止めて一網打尽にするという戦略が、数年前から練られておりました」

「まさか……」

今川がうなずいたとき、恐怖のあまり体が震えた。惣一は、その住処に向かったに違いない。

「そんな……。惣一さまは大丈夫なのですか？　いくら刀さばきがお上手だからって……」

彩葉は涙目になりながら、早口でまくし立てる。

「天崇国の運命を握っているのは、間違いなく惣一さまです。私たちは無事を祈ることしかできません」

今川の言葉に脱力した。惣一は大丈夫だという言葉が欲しかったのに、無事を祈るだけとは。

「そのような大変なときに、私を娶ってくださったなんて……」

「それは……」

今川は目を泳がせ、ばつの悪そうな顔をする。

それを見て、彩葉は察した。

「そうした危険な任務があるから、早く跡取りが欲しかったのですね」

「いえ、あのっ……」

今川が言い淀むのは、彩葉の予想が当たっているという証拠だろう。

「惣一さまには久我家を救っていただきました。私は惣一さまの望みであれば、どんなことでも叶える覚悟でここに参りました。ですから、ご心配には及びません」

これは政略的な結婚なのだと、最初から理解している。

片目が赤く、世間から忌み嫌われていると知りながらも彩葉を妻に迎えたのは、この計画を遂行する前に一刻も早く跡取りをもうける必要があったからに違いない。だから、ほかに縁談が来そうにない自分に白羽の矢が立ったのだと感じた。

ただ、間に合わず任務に旅立ってしまったのだろう。

「本当に申し訳ありません。彩葉さまが心配されていることは、軍の伝達の者に伝えておきました」

「ありがとうございます。お戻りになられる目処も立たないのですよね？」

「すみません。まったくわかりません」

期待して聞いたが、残念な答えだった。

惣一に会うのが少し怖かったのに、危険が及ぶ場所に向かったと聞いてからは、早く元気な姿が見たくてたまらない。

春子たちは、片目を魔獣にくりぬかれ、おぞましい姿をしていると話していたが、たとえそうであったとしてもだ。

そもそも彩葉だって、普通とは言えない。惣一は自身の目のこともあり、近い境遇の自分を嫁に求めたのかもしれない。

「惣一さまが隻眼でいらっしゃるとお聞きしたのですが……」

彩葉は聞くべきか迷い、口に出した。たとえそうであれ妻の座から降りるつもりはなく、夫のことを知りたいと思ったのだ。

「……そう、ですね。幼い頃に目を悪くされて、常に眼帯をされています」

今川がうつむき加減で言うのは、彩葉がそれを嫌だと思っていると勘違いしているのかもしれない。

「私もこのような目をしておりまして……」

「あっ、はい」

「気分が悪いかもしれませんが、決して呪いが移ったりはいたしませんので、ご安心ください」

彩葉がそう伝えると、今川は驚いたように目を丸くした。

「気分が悪いなんて、とんでもない。もちろん、呪いなど信じておりませんし……。彩葉さまはその目のせいで苦労を重ねてこられたとか。ここには私と奥井しかおりませんし、どうぞ肩の荷を下ろしてごゆるりとお過ごしください」

まさかそんな返事が来るとは思わず、今度は彩葉が目を見開いた。

「お心遣い、感謝いたします」

声が震えてしまったのは、優しい言葉をかけられたのが意外だったからだ。

この屋敷に到着したときから、久我家でのようなぞんざいな扱いをされないことをありがたく思っていたけれど、それだけでなく自分を気遣ってくれる。この世にそんな人たちがいるのが不思議で、胸が熱くなった。

彩葉との祝言を迎えるその日。惣一は早朝から今川に急かされ、婚儀のために正装である軍服を纏った。

惣一の眼帯姿や、魔獣討伐のあとの血しぶきを浴びた姿を見た一部の輩が、殺人鬼と陰口を叩いているのは知っている。しかし惣一は、そんなことは気にも留めていなかった。

大切なのは、帝都を守ることだからだ。

同じく軍人であった父にあこがれ、幼い頃から手に肉刺ができるまで木刀を振り続けた惣一は、軍に入隊してすぐに頭角を現した。

ときを同じくして、魔獣討伐を担う帝都陸軍第一部隊の大将であった父が、出征の折に仲間をかばって大けがをし、そのまま帰らぬ人となってしまった。

父がいなくなったことで軍の統率が取れなくなり、魔獣が帝都に迫る日々。母までもが、魔獣に襲われそうになった幼い子を助けようとして命を落とした。

そもそも東雲家は、魔獣とは切っても切れない関係だ。なにを斬っても刃こぼれしない名刀を受け継ぎ、何代にもわたり帝都の盾となり、民を救い続けてきた。

惣一は父の志を自分が継ぐと決め、軍の中ではずば抜けて過酷な任務を背負う陸軍第一部隊にみずから志願した。そして、いきなり大活躍をして大将に就任した。その後わずか一年ほどで陸軍総帥に就任したのは、魔獣討伐の功績を認められたからだ。

これほど若くして軍を率いるのは前代未聞だったが、目の前で惣一の刀さばきを見ていた上官や同僚で文句をつけた者は皆無だった。

同級生たちが遊びに夢中になっていた幼い頃から、鍛錬に鍛錬を重ねて刀の名手になったのは、大切な人を守りたいという気持ちに尽きる。

しかし、さすがに祝言当日の出征には心が揺れた。惣一にとって、彩葉を妻にできるという、待ちに待った日だったからだ。

とはいえ、仲間に犠牲者が出たと聞き、東雲家に受け継がれている名刀を手にした。

「彩葉さまはお任せください」

まるで父親のように、優しいまなざしでそう言いながら送り出してくれた今川に、くれぐれも彩葉に不自由がないようにと申し付けて、山へと急いだ。

現場は想像以上に悲惨な状況で、血を流す者がそこら中に横たわっていた。惣一が第一部隊を率いるようになってからここまで押し負けたのは初めてのことで、緊迫した空気が漂っていた。

夜間にしか活動しない魔獣の姿はすでになかったが、これで済むわけがない。あたりが夕闇に包まれた頃、惣一は部隊を率いて奥地へと進んだ。

やがて白い毛に真っ赤な目を持つ魔獣とぶつかり、刀を振り始める。

祝言の日くらいは、彩葉と一緒に過ごしたかった。おそらくこの先も、多くの時間をともにはできないのに。

月明かりの下で次々と刀で魔獣の首を斬りつけ、はたまた弱点である額に刀を突き刺す。

返り血を浴びる惣一の目は鋭く、頬に浴びた血しぶきを拭うことすらない。右手に持つ刀からは魔獣の血が滴り、生ぐさいにおいを放つ。

昨晩はかなりの被害が出たが、惣一が戦力に加わっただけで形勢逆転。負けを察知した魔獣が泉下岳の奥へと逃げ始めた。

その頃、森の木々の葉を揺らして不気味な音を奏でていた強い北風が収まってきて、厚い闇に閉ざされていた山の奥地に日の光が降り注ぎ始めた。

魔獣は大地を煌々と照らす太陽の光に弱く、追手をかけるには最大の好機だ。

しかし、命を落とすやもしれぬという緊張に包まれながら夜通し戦い続けた兵たちは疲れきっており、惣一自身もこれ以上は体がもたない。

休憩を宣告し少将にあとを任せた惣一は、ひとり部隊から離れてさらに奥へと足を進める。

そして空を覆い尽くさんばかりに葉を茂らせる楠（くすのき）の大木を見つけ、ふらふらと歩み寄ると、力尽きたように頽れた。

「くそっ」

軍服のボタンを外し喉に手を当て、呼吸を荒らげながら必死に空気を貪（むさぼ）る。

脇目もふらず、夜通し魔獣を斬り続けた惣一は、体中の血が煮えたぎるのを感じていた。

「彩葉、すまない」

帝都で悪い噂の広がる軍人に嫁いだ彼女は、不安でいっぱいなはずだ。それなのに、花嫁を祝言の晩にひとりにしてしまった。

「白無垢姿を、見たかった……」

惣一は意識が遠のきそうになるのを必死にこらえ、その場に突っ伏した。

私があなたの妻ですが、離縁してください

彩葉が東雲家に嫁いで、はや一年。

夫である惣一は、ついに今日まで一度も屋敷に戻らなかった。

心配が募り、空を見上げては涙がにじむ日もあるけれど、無事を信じて待つしかない。

夫の顔すら知らぬ花嫁は、世間からは同情の目で見られた。けれど暴力におびえる必要もなく、くだらない揚げ足を取られてなじられることもなく……久我家にいた頃とは比べ物にならないほど平穏な生活を送れている。

東雲家での待遇は驚くほどよく、身につけるものはすべて一流の品が用意されていた。しかもそれらのほとんどが、惣一みずから厳選したものらしい。

今川が言うには、それらを選んでいるときの惣一は頬が緩んでいて楽しそうだったとか。普段は厳格な陸軍総帥である彼がそんな表情を見せるのは珍しいようで、今川はひどく驚いたそうだ。

惣一がなぜ、政略結婚相手の自分のためにそこまでしてくれるのかわからないけれど、もちろんありがたい。久我家では自分のことを第一に考えてくれる者などおらず、初めての経験に胸が温かくなった。

毎日すみがこしらえてくれる食事は、贅沢すぎて手をつけるのがもったいないほど。この世にはこんなにおいしい食べものがあるのかといちいち感動しては、笑われている。

どうやら惣一は、今川に彩葉を不自由させないようにと強く言いつけて出征したらしい。

そんな気遣いをみせる夫が冷酷なわけがなく、惣一に会える日を心待ちにしている。外出も自由にできるため、しばしば母の病院に足を向けられるようになった。

久我家から唯一持ち出したあのつげの櫛で自分で髪を整えずとも、すみが毎朝丁寧に梳かして結ってくれる。

惣一が彩葉のために選んでくれたという、灰桜色の地にかわいらしい菊がちりばめられたちりめんの着物は高級品で気が引けるけれど、すみに『着物は着てこそ』と説得されて、今日も纏った。

病の床に臥す母は彩葉を抱きしめて、婚姻で幸せになったと確信したようだ。

目が見えずとも、擦れた着物を纏っていたのも、いくら梳かしても髪がごわついていたのにも気づいていたのだろう。母が幸せそうな笑みを浮かべるのがうれしかった。

その帰り、久我商店の近くで平治に出くわした。

条件反射で体が凍りついたが、陸軍総帥である東雲惣一の妻として堂々としていなければと笑顔を作る。

「お久しぶりでございます」

軽く会釈して挨拶をすると、平治は顔を引きつらせた。

「なんだ、その気取った挨拶は。夫に見捨てられた妻のくせして」

平治は惣一が戻ってこないことを知っているようだ。

彼は久我家にいた頃と同じように、彩葉をなじる。しかしさほど痛く感じないのは、心に余裕があるからだろう。

「失礼いたします」

彩葉は余計なことはなにも口にせず、平治の横を通り過ぎた。

「待てよ」

肩を強くつかまれて顔がこわばったけれど、もう以前の自分ではないと彼をまっすぐに見つめて口を開いた。

「なにかご用でしょうか」

「お前……」

ひるまない彩葉に驚いたのか、平治は手を放す。

彩葉は改めて頭を下げ、再び歩き始めた。

――ああ、そうだったのか。平治があれほど手を上げ汚い言葉でなじったのは、おびえる姿を見て満足したかったからだったのか。

久我家にいた頃も毅然（きぜん）としていれば、あそこまで激化しなかったのかもしれない。

そうは思えど、久我家にしがみつくしかなかった当時の自分には、どうしようもなかったと納得もしている。

いまだ夫に会えてはいないが、惣一の存在が自分を強くしてくれる。

「惣一さま。ありがとうございます」

彩葉はふと足を止め、晴れ渡り光が満ちる空を見上げてつぶやいた。


東雲家に帰る途中で、軍服姿の五人の男たちに出くわした。

平治に蹴り飛ばされたあの日、助けてくれた軍人たちは元気にしているだろうか。

彼らはあのあと、まだ任務があると話していたが、夜間に活動する魔獣討伐に向かう帝都陸軍第一部隊所属だったのではないかとふと思う。

そうであれば、平治に刀を突きつけ、つげの櫛を取り返してくれたのは、もしや惣一だったのでは?と考えて、鼓動が速くなるのを感じる。

いや、きっと違う。惣一は、軍の最高位にあたるほどの人物なのだ。いち庶民にかかわっている暇などないはずだ。

東雲家に嫁いで一年も経つというのに、この中に惣一がいたとしても、顔すら知らない彩葉には夫だと認識できない。そう考えると、少し胸が痛い。

常に眼帯をしているようなのでそれだけが目印なのだが、ほかにも眼帯姿の軍人がいたらお手上げだ。

惣一が帝都の人間を守るという尊い仕事に従事していることは理解している。けれど妻としては、一抹の寂しさを覚えるのもまた事実だった。


彩葉は本邸の洋館には入らないようにと、今川から告げられている。おそらく惣一の命令なので不満はないけれど、なぜ入ってはいけないのか少し気になってはいた。

執務を請け負っている今川は、その本邸にいることがほとんどでさほど顔を合わせる機会がないが、彩葉と同じ別邸に住み込んでいるすみとはすっかり仲良くなった。

「すみさん。今日はもうお掃除も終わりにして、こちらで暖まって」

別邸の玄関を掃除していたすみに声をかけ、火鉢に誘う。

「そうですね。おやつにしましょうか」

「私、お茶を淹れるわ」

「私がいたしま――」

すみの言葉を最後まで聞かず、彩葉は台所へと走った。

布団の上げ下げから、食事の準備、そして髪結いに至るまですべてすみがやってくれるのは、久我家で朝から晩まで働き通しだった彩葉には信じがたい光景だった。

しかし同時に手持無沙汰で、こうして強引に手伝うようにしている。

　すみも今川も、最初は困惑して彩葉の行動をやめさせようとしたけれど、最近はじっとしていられない性分なのだと理解し、笑って許してくれるようになった。

「彩葉さま、大福いかがですか？」

「どうしたの、それ？」

　すみが大きな豆大福を見せてくるので、彩葉の声が弾む。

「今川さんがいただいてきたそうなんです」

「まあ、うれしい。今川さんもお呼びしてはどうかしら？」

　執務中ではあるけれど、少しくらい息抜きの時間はあるだろうと提案する。

「今川さんは、甘いものはあまりお食べにならないんです」

「そっか、残念。……惣一さまは、大福をお好きなのかな……」

　ことあるごとに惣一のことを考えてしまう彩葉は、ぼそりと漏らした。

「大福を買ってくるように申し付けられたことはございませんが……。彩葉さま、お寂しいですよね」

「ううん、平気よ。惣一さまは、お国のために奮闘してくださっているんだもの」

　とはいえ、これほど長くかかるとはまったく思っていなかった。

　惣一とともに魔獣の住処に向かった部隊は、帝都に残った部隊と半月ごとに入れ替わっていると聞く。しかし、指揮を執る惣一は一度も戻ってこない。

あまりに会えないせいで、跡取りのことを考慮して政略結婚はしたものの気乗りせず、自分に会いたくなくて帰ってこないのではないかと、ふと考えることもある。けれど、本人に会えないのだからなにを思おうとも想像でしかなかった。

「そうですね。ここでも寒いのに、奥深い山は……」

彩葉の隣で湯呑を準備するすみは、眉をひそめる。

「まさか、冬を山で越すとは。惣一さまも軍の方も、きっと大変でしょう」

彩葉は、惣一がいつ帰ってきてもいいように、すみに頼んで別邸の庭に花壇を作った。

体も心も疲弊して戻ってくるだろう夫を、せめて華やかな花で癒やしたいという一心なのだ。

そんなことしかできない自分がもどかしいけれど、なんの力も持たない彩葉にできる精いっぱいの心遣いだった。

寒空の下の花壇には、一面に三色すみれが咲いている。

凍るような冷たい空気にも負けず、色とりどりの花を咲かせた三色すみれのように、惣一も毅然と軍を率いているのではないだろうか。

帰りを待ちわびる彩葉には、惣一への恐怖の念はすっかりなくなっていた。

することがない彩葉は、もっと天崇国や軍について知りたいと今川に申し出た。すると、別邸にある書斎に案内された。

　天井まで届く本棚にずらりと並んだ書物を前にしばし放心した。これほどの書物を所有している家がほかにあるだろうか。

「すごい量ですね……」

「はい、私はほとんど目を通しましたが」

「ほとんど？」

　今川の発言に目を丸くする。惣一の父の代から東雲家に仕えているようだけれど、それにしてもこの量を読破するとは。

「ええ。惣一さまも幼い頃からここにこもって、よく本を読んでおられました。東雲家の先祖の活躍を知り、『軍人となり、僕が帝都を守ります』とお父上に宣言なさったのは、まだ尋常小学校に通われる前でした」

　そんな幼い頃から軍人として生きていくと決めていたのには驚いた。その通りの道を歩いているのは、相当覚悟が大きかったからに違いない。

「お父上の背中を見て育った惣一さまは、周囲の友人が遊びに耽るのも意に介さず、ひたすら刀を振り続けて努力を重ねられてきたのです。私はそんなお方にお仕えできて幸せです」

今川が目を細めて惣一の自慢話をする姿に、ほっこりする。

殺人鬼だの、醜い形相をしているだのという話は、噂にすぎなかったと確信した。

「素晴らしいお方なのですね」

「ええ、それはもう、帝都一です」

今川がうれしそうに語るので、彩葉の頬も自然と緩んだ。

「ああ、本でしたね。天崇国の歴史や軍についてでしたら……」

今川は迷うことなく数冊の本を取り出して、彩葉に手渡した。

早速部屋で本を広げた彩葉は、一頁を読むのに大量の時間を費やしながらも、興味深く読んだ。春子の使い古しの教科書をこっそり拝借して、文字を学んだことが今になって役立つとは。

最初に手にした歴史書には、帝都の外れの険しい泉下岳に潜む魔獣が、人間の血肉を求めて、街に下りてくると書かれていた。帝都以外にも出没するようだが、田舎には人間の数が少なく、帝都が一番の標的なのだとか。

魔獣から帝都を守るのが陸軍第一部隊で、そのほかの地域では第二部隊が活躍しているという。

その歴史書には東雲の名も記されており、ただ嫁入りしただけなのに誇らしい気持ちになった。

惣一の父だけでなく、祖父も曽祖父も、軍を率いて魔獣と対峙してきたようだ。どれだけ斬ろうとまったく刃こぼれしないという名刀が代々引き継がれているようで、惣一はそれを手に戦っているに違いない。

惣一が妻を必要としたのは、刀を受け継ぐ跡取りが必要だったからだろう。

「魔獣は大人の背丈より大きく、白い毛におおわれているうえ、鋭い牙と赤い目を持ち……」

魔獣についてのくわしい記述にぶつかり、彩葉は思わず左目に触れる。

やはりこの目は、魔獣の呪いなのかもしれない。

今のところ、目が赤いだけで体に異変があるわけではないし、周囲の人間が影響を被ったこともないはずだ。けれど、これからもそうだとは限らないのだと気が引き締まった。

さらに読み進めると、魔獣と対峙する軍人の姿を記した挿絵がある。

それを見た瞬間、なぜか心臓が大きく跳ねだし、頭を強く締めつけられたような痛みが襲う。

「なに、これ……」

経験したことがない症状に戸惑い、彩葉は本を閉じた。

翌日。久我の父が突然訪ねてきた。

父は白髪や目尻のしわが増えており、以前より弱々しくも見える。ただし、彩葉を見下すような目は健在で、ぎろりとにらまれた。

「お父さま、ご無沙汰しております」

「ああ、そうだな。東雲さまは、妻の里帰りすら認めないのかね。ここまで育ててやったのに一度も顔を出さないとは、無礼ではないのか」

父の発言に、彩葉は衝撃を受けた。厄介払いして喜んでいただろうに、里帰りしてほしかったなんて、どの口が言っているのだろう。

「お父さま。本日はいかがされましたか？」

一刻も早く話を終えて、屋敷を出ていってもらおう。

そう考えた彩葉は、切り出した。

すると父は、彩葉をまじまじと見て腕を組む。

「平治の言った通りだった。あの軍人、役に立たない妻を着飾らせられるほど、莫大な資産を持っているようだな」

父は彩葉が纏うちりめんの着物を見て言った。

「私は存じません」

彩葉は東雲家の財産についてなどまったく興味がなく、尋ねたことすらない。

「実は先日、さいころで少々損害を出してしまってな。久我商店の金を返済に充てたんだ。そうしたら仕入れが回らなくなって……」

「そんな……」

――借金取りに苦しんで、後悔したのではないの？

もう二度と賭博には手を出さないと思っていた彩葉は、脱力した。

「次こそは取り戻してみせる。だから、東雲家に少し融通してもらえるように話をつけてくれないか？」

あまりに身勝手な願いに、彩葉の顔はゆがんだ。

「お父さま、もう博打は……」

彩葉が苦言を呈すると、父の眉尻が上がる。

「お前、いつから私に意見できるようになった。周子（しゅうこ）の治療費に、どれだけかかってると思ってる！」

周子とは病に臥せる母の名だ。

「そ、それは……」

「侍従を丸め込んで金を引き出せ。また来る」

父は一方的にそう言うと、出されたお茶に口すらつけず帰っていった。

父が訪れてから三日。

病院から電報が届き、母が旅立ったことを知った。

いつか元気になった母と穏やかに暮らす日を夢見て、久我家の人々の理不尽な暴言に耐えてきたのに。

彩葉は母の亡骸にしがみつき、しばらく涙を流し続けた。

実母の死を知った今川の計らいで、葬儀をあげることができた。

しかし同時に、彩葉が久我家の母とは血がつながっていないことも知られてしまった。

東雲家に嘘をついていたという負い目と、父からのさらなる金の無心。それらが、母を亡くして打ちのめされていた彩葉をさらに苦しめた。

母がいなくなった今、治療費を負担してもらっていた久我の父の言いなりになる必要はなくなった。

もう、東雲家に迷惑はかけられない。惣一と離縁すべきだろう。

一度も顔を会わせぬままの別れとなるが、子がいなくて結果としてはよかったのかもしれない。

帝都を守る惣一なら、再婚もすぐにできるはずだ。

殺人鬼という異名を持つと聞いたときは震え上がったし、だから誰も嫁に行きたがらないのだと納得した。

しかし、今川やすみの話を聞いていると、とても恐ろしい人とは思えないのだ。それどころか、軍人としての矜持(きょうじ)を胸に、私情を犠牲にしてまでも帝都を守ろうとしている尊いお方。

結婚を命じられたとき、帝都の軍人が、惣一は皆のあこがれであり立派な軍人だと話していたが、きっと事実だ。

東雲家に足を踏み入れてから一年。彩葉は知らず知らずのうちに、まだ見ぬ惣一に心を寄せていたのだと気づいた。

「惣一さま……」

彩葉は、青白い光を放つ月を見上げて、ひっそりと涙をこぼした。


母の死から十日。

生きる目的となっていた母を失い、惣一との離縁を覚悟した彩葉は、真っ暗な淵(ふち)でひと筋の光を探し求めているがごとく、心が迷子になっている。

うまく眠れなくなり、うつらうつらしては目を覚ます毎日だ。

久我の父に電報で母の死を伝えたものの、葬儀に顔を出しもしなかった。

母と自分は、久我家の人間にとって邪魔な存在だったのだと、改めて突きつけられた。

しかし、悲しかったわけではない。もうずっと前からわかりきっていたことだし、これできっぱり久我家とは縁を切って生きていける。

そんなことを考えていたけれど、二日前に手紙が来て、愕然とした。

なぜなら、母への弔い(とむら)の言葉ひとつなく、【喪に服しているだろうから手紙にしたが、こちらは切羽詰まっている。早く金を融通してくれ。お前が言いにくいのであれば、私が直接侍従に話をつける】と記されていたからだ。

その期限が明日になっており、彩葉は困り果てていた。

早朝に完全に目覚めてしまい、羽織を羽織って窓の近くへと移動した。

「夜明けはまだなのね……」

厚い雲がかかり月の淡い光すら届かぬ夜は、彩葉の心をますます深みへと誘う。彩葉は落ち着こうと、何度も深呼吸を繰り返した。

惣一たち軍人が、命を賭して自分たち民を救おうとしている。それなのに、こんなことでくよくよしていては罰が当たる。

ここにこうして命があるだけでありがたいのだ。たとえ離縁してひとりになっても、強く生きていけばいい。

夜が明けたらすぐに、今川に離縁の意思を伝えよう。せめて惣一の帰りを待ちたかったが、彼が命を懸けて戦い、それによって得た報酬を父の博打の穴埋めになんて使わせない。

　東雲家を出て、なんとか住み込みで働ける場所を探そう。

　そう覚悟が決まった頃、東の空が白み始めて、満開を迎えた梅の花が鮮やかに浮き上がった。

「誰……？」

　梅の向こうに人影が動いた気がして、目を凝らす。こんな早朝に来客なんて不自然だ。

　盗人ではないかと立ち上がったそのとき、黒い軍服が見えたため、心臓が早鐘を打ち始める。

「惣一、さま？」

　いても立ってもいられなくなった彩葉は、裸足のまま別邸を駆け出した。

　霞の向こうに見えるのは、きっと惣一だ。

　彼はどこか危なっかしい足取りで本邸の玄関へと向かう。周囲には、独特の鉄のようなにおいが漂っていた。

「お待ちください」

　久我の父が恥をさらし迷惑をかける前に、東雲家を出なければ。

彩葉はようやく会えた夫に離縁を懇願しなければならないことに胸を痛めながらも、呼び止めた。

すると彼はすっと刀を抜く。いきなり声をかけたので、警戒されているのだろう。

朝日に照らされて鈍く光る刀にはどす黒い血がまとわりついている。

振り返った惣一は、彩葉を見て驚いたように切れ長の左目を見開いた。

「彩葉……」

——ああ、これが私の旦那さまの声なのだ。

頬に血しぶきを浴び、右目に黒い眼帯をしているものの、醜いなどという言葉とはほど遠い整った顔の惣一に、彩葉もまた驚いた。

彩葉との婚姻から約一年。薄く積もった帷子雪（かたびらゆき）が溶け、生ぐさい血のにおいに混じってどこからか梅の香りが漂ってきた、とある夜。
居場所を転々と移す魔獣の群れを追いかけ続けていた惣一の部隊が、ついに首領の姿を捉えた。首領は、ほかの魔獣よりひとまわりもふたまわりも巨大だったが、惣一は刀を片手に宙を舞い、その首を討ち取った。

　その直後、すべての指揮権を中将に渡し、惣一は部隊を離れた。

「うっ……」

　大きな木の下に座り込み呼吸を荒らげる惣一は、気を失わないようにするために、自身の左腕を噛み耐える。ひどく喉が渇いており、這いずるようにして渓谷まで行き、水を口に含んだ。

（早く戻らないと死ぬぞ）

「うるさい。黙ってろ」

　惣一は、頭の中に響いてきた声を一喝した。

　実は惣一は、体に狼を宿している。

　惣一が刀の名手であるのは鍛錬の賜物であるが、人並外れた強い腕力や持久力は、その狼の力を借りているところもあるのだ。

　激しく力を消耗したあとは、力を借りた代償として、しばらくの間全身の血が煮えたぎり、屈強な体を持つ惣一ですら立っていられなくなるほどの衝動に襲われる。

　体に狼の紅炎を宿すことは軍の仲間たちも明かしておらず、部隊を離れてひとりになるのだ。

　いつもはしばらく耐えればもとに戻るのだけれど、長きにわたり死闘を繰り広げたせいか、なかなか復活できない。

血が沸き立つたびに、惣一の寿命が削られていく。しかし、それを回避する方法がひとつだけあり、紅炎はそれについて話しているのだ。

霞のかかった月が西に傾いてきた頃、ようやく立ち上がれるようになり、ふもとに向かって歩き始めた。

「彩葉……」

任務のためとはいえ、一年も放っておいた花嫁は、きっと傷ついていることだろう。

——会いたい。会って強く抱きしめたい。

しかし、ひとたび彩葉に触れたら、彼女を欲する気持ちを抑えられる自信がない。

たとえこの腕に抱けずとも、彩葉の笑顔さえ守れればそれで十分だ。

惣一は心の中でそう強がりながら、鉛（なまり）のように重い足を前に動かし続けた。


東の空を白々しく染める太陽が東雲家の白い壁を照らし始めた頃。惣一は泉下岳のふもとで待機していた部下が運転する自動車に乗り、ようやく屋敷にたどり着いた。

この自動車は帝都に数台しかないうちの一台であり、天崇国元首が惣一の働きを認めて提供してくれたものだ。主に惣一の出征と帰還の際に使われているが、山では当然利用できないため、この一年は情報伝達のために使っていた。

一年ぶりの東雲家の門が見えてきて、命あるまま我が家にたどり着けたことに感謝する。

しかし長きにわたり魔獣と対峙し、血の沸騰とも闘い続けてきた惣一に、もう力は残っていない。部下に見送られながら屋敷の門を閉めた瞬間、平静を装っていた惣一の顔がゆがんだ。

「しっかりしろ」

自分に喝を入れるも、今すぐにでもここに突っ伏したいほどの倦怠感に襲われて、軍服の首元のボタンを外して空気を貪った。

彩葉に早く会いたいという気持ちと、こんな情けない姿は見せられないという感情がせめぎ合う。いや、血の疼きが完全に収まったとは言い難い今、彼女と顔を合わせては危険すぎる。

侍従の今川に、決して彩葉を本邸に入れてはならないときつく申しつけてあるので、彼女は別邸で眠っているはずだ。

惣一は手を伸ばせば届きそうな距離にいる彩葉を想い、本邸へと進んだ。

もう少しで玄関にたどり着くと思ったそのとき、誰かが近づいてきた気配がしたため、刀を抜き右手に力を入れた。

圧倒的な力を誇り、あっという間に陸軍総帥に上り詰めた惣一を、よく思わない者がいるのは知っている。弱っているところを襲う算段なのだろうが、さすがに人間相手に負けたりはしない。

目を鋭く光らせたそのとき、惣一の耳に届いたのは、予想を反した高い女の声だった。

「お待ちください」

それが彩葉の声だと察した惣一は、ゆっくり振り返る。

そこには、どこかまだあどけなさが残る彼女がいた。長い黒髪を風になびかせ、大きくてぱっちりとした目を見開いている。

頬がほんのり赤らんでいるのは、冷たい空気のせいだろうか。

薄い桜色の唇がかすかに震えているのは……山から吹いてくる乾いた風のせいだと思いたかったが、違うだろう。

体中に返り血を浴びた男の姿を見て、怖くないわけがない。

それに、右目が魔獣によってえぐられているという噂が飛び交っているため、恐怖を抱いているのかもしれない。

惣一がそんなことを考えていると、素足のまま駆けてきたらしい彩葉は、いきなりその場に膝をついた。

「初めてお目にかかります。あなたの妻の彩葉と申します。どうか、私と離縁してください」

——今、なんと？

花嫁を放置したままの夫にきっとあきれていると覚悟はしていたが、いきなり離縁を宣告され、惣一の胸に衝撃が走る。

惣一はふらつく体を必死に保って、一歩、また一歩と彩葉に近づいた。

「彩葉……」

これまで何度、この名を心の中で叫んだことか。何度、彼女自身にささやくことを夢見てきたか。

——触れたい。彼女に触れたい。

惣一は彩葉の頬に向かって左手を伸ばしていったが、その手が血にまみれていることに気がついて引いた。

華奢（きゃしゃ）な体を小刻みに震えさせているくせして、彼女の意思のある目は、まっすぐに惣一を貫く。

——だめだ。血の疼きが完全に収まらぬ今、これ以上一緒にいたら彼女を壊してしまう。

惣一は苦渋の思いで踵を返し、再び玄関へと進む。

しかし、至近距離で彩葉に会ったからか、静まりつつあった血が再び沸々と沸き始め、息苦しさのあまり胸を押さえて片膝をついてしまった。

「どうされた――」

「近寄るな」

背後に彩葉の足音が近づいてきたため、強い口調で制する。すると、彼女の足が止まった。

こんな姿を見せたら、心配するに決まっているのに。彩葉は誰よりも優しくて、誰より正義感あふれる女性なのだから。

どうやら紅炎の力を借りすぎたようだ。自分の体なのに、まったく制御できない。一年も放置したうえ、ようやく会えたのに怖がらせて……。離縁を言い出されても、文句は言えない。

しかし……。

「私は離縁するつもりなどない」

今は意思を伝えるだけで精いっぱいだった。

「待ってくだ――」

「近寄るなと言っているのだ。今すぐここを去れ」

彩葉が再び足を進めたのがわかり、命令口調で告げる。

――すまない。でも、お前を傷つけたくないんだ。

「……頼むから、近寄らないでくれ」

そう吐き出した惣一は、渾身の力を振り絞り、本邸に入ると重い扉を閉めた。

◇　◇　◇

ようやく惣一に会えたのに、離縁を望まなければならないのがつらすぎた。

しかし彼は理由を問うことすらなく、離縁を拒否する。話をしようにも様子がおかしく、明らかに体調がよくないように見えた。

返り血だとばかり思っていたあのどす黒く光る大量の血が、惣一のものだったら……。

そう考えた彩葉は、怖くて体が震えるのを感じながら惣一が閉めた扉に手をかけ、引いた。

今川から、決して本邸に足を踏み入れないようにと何度も言いつけられてきたけれど、惣一の命がかかっているかもしれないのだ。とても足は止められず、血痕が続く廊下の先へと向かった。

「惣一さま」

彩葉が名を呼ぶと、廊下を曲がった先から今川が顔を出す。

「彩葉さま、別邸にお戻りを」

「惣一さまが大変なおけがを……」

「いけません」

今川は先へと進もうとする彩葉の腕をつかんで止めようとする。

この期に及んで、なにを悠長に構えているのだろう。侍従ならば、主の命を第一に考えるべきなのに。

「放して。惣一さまは私の夫です。夫の心配をするのは当然です」

つい先ほど別れてほしいと口走ったのに、勝手な言い草なのは承知している。けれど今は、惣一を守らなければと必死だった。

彩葉は今川の手を振り切って、惣一を追いかける。すると彼は、とある部屋にふらふらと吸い寄せられるように入っていく。

閉まる扉に自分の体を挟んだ彩葉は、手で扉を押し開けた。

「惣一さま」

彩葉が声をかけると、険しい顔で空気を貪るように大きく胸郭を動かす惣一が、小刻みに何度も首を横に振る。

「出ていけ」

惣一の冷たい声に一瞬ひるむも、額から冷や汗が噴き出す彼を、どうして放っておけよう。

「彩葉さま、いけません。お戻りを」

今川が彩葉を羽交い絞めにして引き離そうとするので、彩葉は思わず惣一の腕をつかんでしまった。

「お願いです。拒まないで。私はまだあなたの妻なのです」

彩葉がそう訴えた瞬間、惣一の表情が引き締まり、目が鋭くなる。

刀を投げ捨てた彼は、彩葉を強い力で部屋の奥に引き入れ、今川を拒絶するがごとく大きな音を立てて扉を閉めた。

「キャッ」

部屋の真ん中に置かれた大きなベッドに倒された彩葉は、直後、自分にまたがるようにして上がってきた惣一に目を瞠る。

血が滴る源を探ろうとしたが、洋風の窓にかかるカーテンの隙間から差し込む光だけでは暗すぎてわからなかった。

息をしているのに肺に入っていないかのような浅い呼吸を苦しそうに繰り返す彼は、彩葉の顔の横に両手をついた。

「近寄るなと言ったはずだ」

「す、すみません。でも、おけがを……」

「けがなどしていない」

惣一は軍服の上衣を脱ぎ捨てる。

白いシャツの袖口には血がついていたものの、ほかには血痕がない。やはりあれは返り血だったのだと安堵した一方で、それならなぜこれほど苦しそうにしているのかと不思議だった。

「どうして来たんだ」

惣一はどこか悲しげにささやく。

「心配、だった――」

「くそっ」

惣一は彩葉にまたがったまま、悶え苦しみ始めた。

「惣一さま?」

「呼ぶな。俺の名を、優しい声で呼ぶな!」

彼は歯を食いしばり、長めの前髪に手を入れて頭をかきむしる。

「ああっ。だめだ。こらえろ」

彩葉の上の惣一は、まるで見えないなにかと闘っているかのようだ。

彼は右目の黒い眼帯を乱暴につかむと、投げ捨てた。

「あっ……」

魔獣に目玉をくりぬかれ、おぞましい姿をしていると聞いていたが、視界に飛び込んできたのは彩葉と同じ赤い目だった。

「どうして……」

苦しむ惣一に手を伸ばしていくと、彼がいきなりその手を強くつかんだ。

――なにかが、出てきそうだ。心の奥に畳まれた大切な記憶が。

彩葉が妙な感覚に戸惑っていると、惣一は愛しい人にするかのように彩葉の手の甲に唇を押しつける。

鼓動がこれまでにないほど高鳴り始めたとき、惣一は軽く歯を立てようとした。しかし彼は手を放し、唇を噛みしめる。

「逃げろ」

逃げろ？

彩葉は惣一の言葉の意味が呑み込めず、ただ瞬きを繰り返す。

「んっ……」

いきなり彩葉の首筋に顔をうずめた惣一は、首筋に舌を這わせたあと、手と同じように歯を立てそうになった。

「やめて……」

その瞬間、彩葉の脳裏に、黒鳶色の毛を持つ大きな獣が肩にかじりつく光景がよぎり、緊張が走る。

これは魔獣に襲われて、噛まれたときの記憶だろうか。

「惣一、さま……」

彩葉が惣一の名を口にした瞬間、彼はすさまじい勢いで彩葉から離れ、ベッドのマットに拳を打ちつける。

そして驚いて動けなくなった彩葉の手を引いて無理やり立たせ、部屋の外へと追いやった。

閉まった扉の向こうから、かすかなうめきが聞こえてくる。

「惣一さま、開けてください」

彩葉は扉を何度も叩いたが、惣一が扉を背に座っているようでびくともしない。

「彩葉さま……。こちらに」

「でも、惣一さまが……」

「惣一さまは、じきによくなられます。ですから、ひとまずこちらへ」

なにかを知っているような今川に懇願され、彩葉は一旦惣一の部屋を離れた。

今川は、彩葉を促して別の部屋へと入れてくれた。

そこは先ほどの部屋より広く、西洋風の大きな机と、脚に見事な彫刻が施された椅子が八脚置かれている。久我商店で西洋の家具を見たことがあるけれど、それよりずっと高級感が漂っていた。

「ここは……」

「食堂でございます。惣一さまはここでお食事を」

嫁いで一年も経つのに、本邸のことはなにひとつ知らない。どうしてここに立ち入ってはいけなかったのか不思議でたまらない。

「こちらにお座りください」

今川は彩葉を座らせると一旦出ていき、濡らした手拭いを持って戻ってきた。惣一につかまれた手首が、血で濡れていたからだ。

「おけがは、されていませんか？」

「私はなんともありません。それより、惣一さまを……」

あれほど苦しそうだったのに、放っておけない。

「今は、なにもできないのです。惣一さまに耐えていただくしか……。少し、失礼いたします」

「耐えて？」

彩葉の手首を手拭いで拭き始めた今川は、疑問に答えようとはしなかった。

「彩葉さま、もう本邸にはお越しにならないでください」

「どうしてですか？　惣一さまになにがあったんです？」

今川は、惣一が苦しむ理由を確実に知っている。

そう感じた彩葉は、尋ねた。

「申し訳ございません。なにもお伝えできないのです。ただ……」

今川はそこまで言うと、眉根を寄せてしばらく黙り込む。そして彩葉の目をしっかり見つめたあと口を開いた。

「惣一さまは、街の一部の人間の間では、誰も彼もためらわずに斬る殺人鬼だと揶揄されております。ですが、本当はお優しい方なのです。帝都の民を守るため、ご自分の命を賭して魔獣と対峙していらっしゃる、誰よりも気高く尊い方です。どうか……どうか彩葉さまのお力をお貸しください」

悲痛な面持ちの今川は、彩葉に深々と頭を下げた。

「やめてください。わかっていますから」

彩葉は今川の肩を持ち上げた。

「私になにができるのですか？」

先ほども拒まれ、こうして理由も聞けない。どうしたら苦しむ惣一を救えるのだろうか。

尋ねたが、今川は固く口を閉ざす。

「私の口からは……。ですが、どうか惣一さまを……」

「承知しました」

これではなにができるのか、さっぱりわからない。しかし、今川の切羽詰まった表情を見て、彩葉はそう答えた。

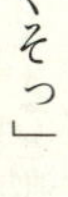

「くそっ」

彩葉の手や首筋に歯を立てそうになった惣一は、体の苦しみより、その後悔に襲われていた。

二度と彩葉を怖い目には遭わせないと心に誓い魔獣討伐に没頭してきたが、自分がその彩葉を傷つけそうになるという情けなさでいっぱいだ。

（あの娘……）

紅炎がぼそりとつぶやくので、苦しさのあまり床に倒れ込んだ惣一の眉がピクリと動く。

「黙れ」

（さっさとあの娘を使えば、すぐに楽になれるだろうに）

「彩葉を傷つけるくらいなら、死んだほうがましだ」

どれだけ空気を吸っても足りない。首をなにかで絞められているような感覚に襲われ、喘ぎながら声を振り絞った。

(ばかなやつだ)

なんとでも言えばいい。彩葉が無事なら、それでいい。

彩葉を部屋から追い出したあと、今川の声が聞こえた。きっと彩葉をなだめてくれているはずだ。

そう考えた惣一は、安心したのか気が抜けて意識を失ってしまった。


目覚めたときには、浴衣に着替えさせられており、ベッドで寝ていた。今川が手を貸してくれたのだろう。

体を起こすと、窓の外から春告鳥とも言われるうぐいすの鳴き声が聞こえてきて、久しぶりに緊張が緩んだ。

あれほど沸き立っていた血はすっかりもとに戻っている。

今回の遠征では、さすがに紅炎の力を借りすぎた。寿命がかなり縮まった気がするが、帝都を――いや、彩葉を守れるのであれば後悔はない。

惣一は乱れた浴衣の襟元を簡単に直して、窓の近くに歩み寄った。すると、別邸と本邸の間にある花壇に三色すみれが咲き誇っていて、目を奪われる。

「彩葉……」

彩葉が植えたのではないだろうか。

そう感じたのは、冷たい風に負けず健気に咲く三色すみれが、逆境の中でも必死に生きてきた彼女と重なるからだ。

山の奥地で厳しい冬の寒さに耐えてきた惣一は、花壇で可憐な花が咲いているのを見るだけで、ほっとする。

彩葉が、優しい表情で花に話しかけながら水やりをする姿が容易に想像できる。しかし……『どうか、私と離縁してください』と懇願した苦しそうな顔も同時に頭をよぎった。

祝言を放り出して任務に向かったうえ、一年も戻らなかった夫に好意を抱けないのは当然だ。わかっていたことなのに、あのとき食らったひと言が痛くてたまらない。

彼女を手放したくない。一生自分の妻でいてほしい。

そんな気持ちが抑えきれず、離縁の申し出を拒否してしまったが、それで彩葉は幸せになれるだろうか。

彩葉の意見を聞くまでもなく、なかば無理やり東雲家に嫁がせたのは、今川に調べさせた彼女の生活ぶりがあまりにひどいものだったからだ。

もちろん、生涯妻として大切にする。もうなんの苦労もさせない。そんな気持ちで迎えた祝言の日に、あっさり彼女を裏切るようなことをしてしまった。

出征の折、今川と奥井に、彩葉を不自由させないようにと何度も念を押した。彩葉が望むものはすべて与え、暴力や罵倒を心配せず穏やかに暮らせるようにしてほしいと頼んだ。

今川は父の代からずっと東雲家に仕えてくれている有能な従者だ。おそらくその通りにしてくれたはずだ。

とはいえ、祝言にも顔を出さない夫を一年もひたすら待つのは、つらかっただろう。初めて顔を合わせた日に、離縁を口にするほどに。

しかも、いきなり組み伏し、みずから怖い目に遭わせてしまった。

彩葉を手放したくない。自分のそばで、一生笑っていてほしい。

彼女は惣一の、生きる原動力なのだから。

しかし……。

「やはり、無理か……」

紅炎の力を借りたあと、短くても一刻(いっとき)は、彩葉を欲してしまう。彼女を近くに置けば耐えきれず、また今朝のようなことが起きてしまうかもしれない。

そうであれば、解放してやるべきだろうか。

惣一の気持ちは、激しく揺れる。

惣一はしばらく窓際にたたずみ、彩葉がいる別邸を見つめていた。

　春霞がすっかり消え、太陽が西に傾きかけた頃、惣一は今川を呼んだ。

　彼を寝室に招き入れ、片隅に置いてある椅子に座る。今川にも目配せすると、対面に腰かけた。

「彩葉は震えていないか？」

　あれから彩葉がどうしているのか気になる。怖くておびえてはいないだろうか。

「大丈夫です。驚いてはいらっしゃいましたが、ひたすら惣一さまを心配なさっておいででした」

「私を？」

　意外すぎる言葉に、目を見開く。

「はい。彩葉さまにけがはないかとお尋ねしたら、自分のことはいいから、惣一さまを助けてほしいと」

「そうか……」

　彩葉はそういう女性だ。誰より他人を思いやれる優しい心を持っている。

　それを聞き、覚悟が決まった。

「私がいない間、彩葉は不自由しなかったか？」

「もちろんです。奥井は当初、彩葉さまの赤い目を怖がっておりましたが、彩葉さまの穏やかな性格に気づき、すぐに打ち解けておりました。なんでも必要なものを用意しますと申し上げましたが、そろえてもらったもので十分だとおっしゃって、その代わりに花の種や苗を希望されて……」

やはり、あの花壇は彩葉が作ったものだったようだ。

「惣一さまがお戻りになったときに、花を見て少しでも心を休めてほしいからと――」

「私のために？」

驚いて聞き返すと、今川が満足そうに微笑み、うなずく。

「惣一さまのおっしゃる通りでした。彩葉さまは、心の清らかなお方。惣一さまの奥方さまにふさわしい」

今川はそう言うが、惣一が彩葉をそばに置くとどんな弊害があるか、知っているはずだ。しかし惣一に忠実な彼は、心からそう思っているのだろう。

「実は……先日、実のお母上が亡くなられて……」

声の調子を下げた今川がそう言うので、愕然とした。彩葉の実母はすでに亡くなっていると思い込んでいたからだ。

今川に調べさせたときも、そういう回答だったはず。

「ご存命だったのか？」

「私の調査が行き足らず、申し訳ございません。長く入院されていたそうです。久我家が入院費をまかなっていたようですが、妾の存在を世間に知られたくなかったらしく隠していたのです」

「なんて勝手な」

　怒りが込み上げてくる。

　久我家の女中として働いていた彩葉の母は、父に乱暴されて彩葉を孕んだからだ。それなのに、彩葉の母の存在を恥ずかしいと言える立場ではない。

「それからしばらくふさいでいらっしゃいました。こうして惣一さまがお帰りになって、元気を取り戻されればいいのですが」

　今川は期待いっぱいの笑みを浮かべるけれど、残酷な話をしなければならない。

「……今朝、彩葉から離縁を望まれた」

「なんと……」

　惣一が切り出すと、今川は目を大きく見開いて言葉をなくす。

「私は受け入れようと思う」

「早まってはなりません。彩葉さまは力を貸してくださると、先ほど……」

「彩葉にすべて話したのか？」

　惣一は慌てて、腰を浮かす。

「いいえ。ただ、惣一さまのためにお力を借りたいとお話ししただけです」

そうであれば、彼女らしい答えだ。彩葉は自分を犠牲にしようとも、周りの人間を守ろうとするような人だから。

「そうか。それならば、このまま黙って彼女を解放したい」

彼女の隣を歩いていけたら、どれだけ幸せか。けれど、自分が近くにいると傷つけかねないと先ほど思い知った。

「ですが！」

惣一が狼を宿していることを知っている今川は、断固反対のようだ。

それもそうだろう。このまま紅炎の力を借りていては、惣一の寿命が短くなる一方。それを阻止するには、彩葉の力が必要だからだ。

しかし同時に、彩葉にとてつもない負担をかけることになる。それだけは、どうしても避けたい。

「彩葉は、私の犠牲になるために生きているのではない」

「惣一さま……」

今川は悔しそうに唇を噛みしめる。

「私は大丈夫だ。ただ、彩葉を久我家に帰すわけにはいかない。どこかに屋敷を借りてくれ。それと、今後彼女が不自由しないだけの金を用意してほしい」

「……承知、しました」

今川は渋々納得し、部屋を出ていった。

（お前、正気か？　あの娘を手放したら……）

紅炎が怪訝な声をあげる。

「あの娘じゃない。彩葉だ」

（なんで不機嫌なんだよ。彩葉を逃すと、お前が死ぬんだぞ）

紅炎の遠慮のない言葉に、惣一はため息をつく。

「だからどうした。彩葉を傷つけるくらいなら、それでいい」

惣一がきっぱりと言うと、今度は紅炎が深いため息をついた。

（お前の弱点は、そのまっすぐなところだ）

「お褒めにあずかり光栄だ」

嫌みを返すと、紅炎の減らず口は止まった。

ようやくくだらない会話から解放されたと思ったのに、再び声が聞こえてくる。

（お前が死ねば、帝都がどうなるかわかっているのか？）

その質問に、即座に答えられなかった。

魔獣討伐を担う帝都陸軍第一部隊は、精鋭ぞろい。しかし、惣一なくしては魔獣を抑えきれないだろう。

今回の遠征で、ひとまずひとつの拠点と、その一帯を支配していた頂点の魔獣は殺った。しかし、ほかにもいくつか拠点があり、それぞれ支配している魔獣がいるのは間違いない。

仲間をかばって負傷し虫の息になった父が、背に黒い模様を持つ魔獣に気をつけろと伝えて息絶えたそうだ。けれど今回倒したあの首領は、ほかの魔獣と同じく白い毛で、背に黒い模様などなかったのだ。

「紅炎が別の誰かの体に入って、なんとかしろ」

（そんな簡単なものじゃないとわかってるだろ。お前と俺が組んだから最強なのであって、弱い軍人の中に入っても死ぬだけだ）

紅炎の言葉には一理ある。

幼い頃から鍛錬を欠かさなかった惣一ですら、彼の力を使うたびにもがき苦しむのだ。ほかの者には耐えられないだろう。

「それなら……」

惣一は拳をきつく握り、きりりと顔を上げる。

「我が命が尽きる前に、魔獣を全滅させる」

覚悟を口にすると、紅炎は黙り込んだ。

本邸から別邸の自室に戻った彩葉は、部屋の片隅に座り込んで放心していた。

先ほどの惣一はなんだったのだろう。今川は大丈夫だと話していたけれど、もう苦しみから解放されているだろうか。

心配が募り、冷静ではいられない。

それに、あの赤い目……。

「私と、同じ……」

彼は目をえぐられているからではなく、赤いから隠していたのだ。

自分のほかに赤い目を持つ人がいるとは思わず、とにかく驚いた。

惣一は、生まれつき目が赤かったのだろうか。自分は魔獣に襲われてからこうなったのだが、彼は？

聞きたいことだらけだけれど、近づくことすら難しい。

「あっ……お父さま……」

父が東雲家を訪ねるという話がすっかり頭から飛んでいた。

惣一があのような状態なのに、離縁がどうとかと話している場合ではない。とにかく、父が無礼を働かないように食い止めなくては。

彩葉が窓から門のほうに視線を向けると、本邸から今川が出てきたのがわかった。

もしや惣一になにかあったのではないかと顔が引きつる。

彩葉はすぐさま別邸の玄関へと向かった。

玄関の引き戸を開けると、戸に手をかけようとしていた今川は彩葉の登場に驚いたようで、目を真ん丸にしている。

「惣一さまは？　どうかされたのですか？」

焦るあまり、今川の肩をつかんで揺さぶった。

「……惣一さまは元気になられました。ご心配なく」

「よかった……」

安堵のあまりその場に座り込むと、今川が慌てている。

「奥井！」

今川が焦りを纏った声ですみを呼ぶので、血相を変えた彼女まで出てきてしまった。

「どうされました？　ご気分が悪いのですか？」

「……安心して。気が抜けただけ」

すみにそう伝えると、今川と顔を見合わせている。

「彩葉さまは、やはり惣一さまの……」

今川は気になる言葉を口にしたけれど、途中で閉ざしてしまった。

話があるという今川と座敷に向かう。すみはお茶を出したあと、心配げに彩葉を見つめてから出ていった。

「お話とは……？」

惣一についてに違いなく、緊張で息苦しい。

「お願いでございます」

いきなり今川が手をついて頭を下げるので、彩葉は混乱した。

「ど、どうされたのですか？」

「惣一さまに離縁を申し込まれたとか」

顔を上げた今川は悲痛の面持ちだ。今朝、力を貸すと約束したのに、その前に離縁を申し出ているとは知らなかったのだろう。

「……はい」

「どうか思いとどまっていただけないでしょうか。一年も会えず、お寂しかったと思います。それに、今朝は驚かれたかと。ですが、惣一さまは本当にお優しく、責任感のあるお方なのです。どうか――」

「わかっております」

彩葉は今川の言葉を遮った。

寂しかったから離縁したいわけではないのだ。ただ、東雲家に、そして惣一に、自分のことで迷惑をかけたくないだけ。父は自分をだしに、金を無心し続けるに違いないから。

それに、今朝の出来事は関係ない。もちろん驚いたし、今でも心配だ。だからといって別れたいとは思わない。

「でしたら、どうか離縁を思いとどまってください。惣一さまをお救いください」

――救う？

自分になにができるというのだろう。

妻として夫を支えることはできても、帝都一の軍人で、民のために命を懸けて戦うような立派な方を救うなんておこがましい。

「私は……」

彩葉は話し始めたが、門から入ってきた父の姿を窓越しに見つけて口をつぐんだ。

「ちょっとすみません」

止めなくては。惣一には絶対に会わせたくない。満身創痍でようやく戻った彼に、金の話など無粋すぎる。

彩葉は別邸を駆け出て、本邸の玄関に向かう父の前に立った。

「彩葉じゃないか。文は届いたよな。話はついたか？」

「お父さま。もうお金の無心はやめてください。東雲家には関係ないことです」

彩葉が言うと父は眉尻を上げ、あからさまに不機嫌を表す。

「関係ない？　大事な娘を殺人鬼に嫁がせたのだぞ？」

気にかけたことすらないくせに、都合のいいときだけよき父親の顔をするのが恨めしい。

「惣一さまは、殺人鬼なんかではありません。それに……私のことが大切なのですか？」

「そりゃあそうだろう。娘なのだから」

「娘だと思ってくださったことがあったのでしょうか」

こんなふうに煽れば、殴られるかもしれない。ひどい言葉で罵られるかもしれない。でも、ここで食い止められるなら、惣一に不快な思いをさせるよりずっといい。

「お前、誰に向かって口を利いている。誰のおかげで生きてこられたと思ってるんだ！」

父が手を振り上げたので、殴られる覚悟をして目を閉じた。しかし、一向にその手は降ってこない。

「我が妻になにをしている」

低く鋭い声が耳に飛び込んできて目を開けると、白いシャツに黒いスラックス姿の惣一が父の腕をつかんで止めていた。彼の右目は、再び黒い眼帯でおおわれている。

「惣一さま……」

「これはこれは、ご当主さま。お帰りだとは知らず、ご無礼いたしました。彩葉の父でございます」

態度をころりと変えた父が、惣一に頭を下げる。

父の手を放した惣一が、今度は彩葉の腰を抱くのでひどく驚いた。

「お父上でしたか。祝言に出席できず、大変失礼いたしました」

惣一は謝罪しているものの、どこか声が尖っているように感じられる。

「あのように失礼な扱いを受けたのは初めてで、彩葉もかわいそうでした」

「お父さま！」

ひとりで杯を傾けた姿をあざ笑っていたくせして、惣一を苦しめるような発言が許せない。

「彩葉、大丈夫だ」

惣一が彩葉の耳元で優しい言葉を口にする。とんだ失礼を働いているのに申し訳なさすぎて、うつむき加減になる。

「おっしゃる通りです。彩葉には寂しい思いをさせてしまい、これからどう償えばいいのかと考えているところです。償いは本人にしっかりいたします」

この場を取り繕うための嘘かもしれない。けれど、彩葉は惣一の言葉がありがたかった。

「それで、本日は何用でしたでしょう」

おそらく惣一にさらに謝罪させて優位に立ちたかっただろう父は、『償いは本人に』と蚊帳の外になってしまったのが気に食わないのか、あからさまに眉をひそめて、小さなため息をついた。

「彩葉から聞いていらっしゃいませんか？　実は少々物入り――」

「やめて。帰ってください」

彩葉が口を挟むと、父にぎろりとにらまれる。すると、彩葉と父の間に惣一が立ちふさがった。

彼の大きな背中を見ているだけで、涙があふれそうになる。

いくたびも拳を振り下ろし罵声をぶつけてきた父が、怖くないわけがないのだ。それを察して守ってくれたような気がした。

「金は結婚の際に用立てたはずですが」

「それが、久我商店の仕入れのために、もう少し必要なんです。もちろん、稼げる目処は立っておりますので、近いうちにお返しいたします」

そんなの嘘だ。博打で作った借金を返済したいだけ。

感情が高ぶり目の前の惣一のシャツを握ると、思いがけず彼は、背に隠れる彩葉に左手を伸ばしてきて手を握ってくれた。

それが〝大丈夫だ〟と言われているようで、ようやく落ち着いていく。

「そうですか。いくら妻の実家といえど、易々と金を貸すわけにはまいりません。そうですね……もし返済がままならなければ、お父上の首でも差し出すお約束がいただけるなら、検討いたします」

「く、首？」

父は声を上ずらせる。

「ええ。殺人鬼に金の無心をするのですから、そのくらいの覚悟はおありでしょうし」

父との会話が聞こえていたのかもしれない。惣一を傷つけてしまった。

「あ、あれはただの噂で……ご当主が慈悲深い方だとわかっております」

途端に焦りだした父は都合のいいことをほざく。

「慈悲深い？　いいえ、殺人鬼ですよ。今川」

さらりとそんなことを口にした惣一に驚愕していると、近づいてきた今川が惣一に刀を差し出した。

惣一はそれを受け取ると、左手で鞘を持ち親指で刀を少し引き出す。わずかに見えた鋭い刃が太陽の光を反射してきらりと光った。

すると父は腰を抜かして、みっともなくその場に座り込む。

「か、勘弁を」

「彩葉を散々苦しめておいて、今さら虫がいいことだ。安心しろ。彩葉は私が幸せにする」

幸せにすると言いきる惣一に、胸がいっぱいになる。

まだまともに会話すらしておらず、それどころかいきなり離縁を申し出た妻にそんな優しい言葉をかけてくれるとは思っていなかったのだ。

「彩葉の実の母上も、東雲家の祖先と同じように弔っていくつもりだ」

さらには、彼が母について触れるので目を瞠る。

今川が話してくれたのだろう。

やはり惣一は優しい。殺人鬼なんて大嘘だ。

「これで一切の縁が切れた。二度と彩葉にかかわるな。約束を守らなければ、今度こその首が飛ぶと思え」

惣一がこれまでにない低い声で告げると、父は這いつくばったままあとずさり、やがて立ち上がって逃げるように去っていった。

「申し訳ありません」

彩葉はその場に正座し、地に額をこすりつける。するとすぐに惣一の手が伸びてきて、肩を持ち上げ立たせてくれた。

「彩葉はなにも悪くない、謝る必要はない」

「ですが……」

「妻を守るのは夫の役目。それに謝るべきは私だ。今朝はひどいことをした。申し訳ない」

首を垂れる夫の素顔を、初めてはっきりと見た。今朝は血しぶきを浴びた姿だったからだ。

黒い眼帯はしているものの、なぜ醜いなどという噂が飛ぶのか不思議なくらい整っている。

それに……『妻を守るのは夫の役目』という言葉には胸が震えた。父があれほどの無礼を働いたというのに気遣ってもらえるなんて、どれだけ幸せなのだろう。

「一年も放置したうえ、いきなり傷つけて……。離縁を求められても、文句は言えぬ。今川に屋敷を借りるように言ってあるから、そこで暮らしなさい。一生困らないだけの金も用意する」

「えっ……」

彩葉は息が止まりそうになった。

離縁を望んだのは彩葉だ。けれど決して惣一を嫌いになったからではない。それなのに彼は、自分のせいで離縁を求められたと勘違いしているようだ。

「一年も縛って悪かった。最初からこうしておけばよかったのに、欲張ってしまった……」

　――欲張って？

　どういう意味なのだろう。

　切なげな目で彩葉を見つめる惣一は、そっと頬に触れてくる。その触れ方があまりに優しくて、なぜだか泣きそうになった。

　手を離した彼は、それ以降なにも語らず本邸に入っていってしまう。

「惣一さま、お待ちください」

　彩葉は止めたが、無情にも扉は閉まってしまった。

「彩葉さま……」

　悲痛の面持ちの今川が、立ち尽くす彩葉に声をかけてくれた。

「父がすみませんでした」

「まさか、金の無心をされているとは知らず……。私が気づくべきでした」

「とんでもない」

　迷惑をかけたくなくて相談しなかったのは彩葉だ。しかしその結果、惣一に失礼なことをしてしまった。

「今川さん。惣一さまにお伝えください。嫁いで今日まで、惣一さまに会えなかったのは、たしかに寂しかったです。でも、それを恨んだことはありませんし、私に穏やかな生活をくださった惣一さまには、感謝しかございません」

惣一への気持ちを吐露していると、改めて自分の中の彼の存在がすでに大きなものになっているのだと否応なしに突きつけられて、胸が苦しい。

「今朝は驚きましたが、惣一さまは最後の最後でこらえてくださった」

父から守ってくれたときとは違い、理性を失ったかのように見えた彼は、それでも首筋に歯を立てるのを思いとどまり部屋から出してくれた。

どうしてあのようなことをしたのかわからないけれど、なにか理由があるはずだ。

「……私が離縁を望んだのは、私がここにいる限り、父がこれからも東雲家に迷惑をかけると思ったからです。なんのお役にも立てないのに、久我家ばかりがわがままを通そうとしているのが申し訳なくて」

そもそもこの結婚は、政略的なもの。しかし父の要求は、度を超えている。東雲家のおかげで久我家は助かったのに、見下すような態度が失礼すぎて見ていられない。

国の行く末を左右するような重大な任務から無事に戻れた今、自分のように迷惑をかける家門の人間より、別の良家の令嬢を妻に迎えたほうがいい。たとえ冷酷非道だと噂されていても、惣一と一度でも言葉を交わせばそれが誤解だとわかるはずだ。

「惣一さまは、そのようなことは少しも気にされていません。ただ、彩葉さまを苦しめるくらいなら、手放すべきだとお考えになったのです」

　――違う。私はここにいたいの。

　彩葉は心の中で叫ぶ。

「彩葉さま、どうか離縁を撤回してください」

「ですが、それでは惣一さまが……」

「惣一さまが、婚姻の継続を望まれているのですよ」

　今川は優しい表情で語る。

　父の醜態を見た今でも、その気持ちは変わらないのだろうか。

「……私、本当にここにいてもいいのでしょうか……」

　彩葉が漏らすと、今川は大きくうなずいた。

「当然です。彩葉さまは、惣一さまの奥方さまなのですから。奥井」

　今川がすみの名を口にするので振り返ると、すみが微笑んでいる。

「しばらくお食事が喉を通らなかったですよね。夕餉は、彩葉さまの好物の芋雑炊を用意させました」

「今川さん……」

　惣一とあのようなことがあって、ずっと気になっていたに違いない。

　東雲家には優しさがあふれている。

「彩葉さまがいなくなっては、奥井も寂しがります」

今川がすみに視線を送ると、彼女は笑顔でうなずいた。

「ありがとうございます。私、もう少し惣一さまの妻でいてもいいでしょうか」

惣一がいらないと言えば、すぐにでも出ていく覚悟がある。けれど、本当はまだ惣一の妻でいたい。もっと彼を知りたい。

「もちろんです。さあ、もう心配することはなにもありません。ゆっくりお食事をお楽しみください」

「はい、いただきます」

彩葉が厚意を受け取ると、今川は満足そうにうなずいた。

別邸に戻ったすみは、すぐに芋雑炊を持ってきてくれた。鮭（さけ）の塩焼きと、大根の煮物もある。

じっとしているのが落ち着かない彩葉は、すみに頼み込んで台所仕事を手伝うようになったのだが、父から文が届いてからはすみに任せ通しだった。

「全部やらせてごめんなさい」

「これは私の仕事ですよ」

すみは笑いながら、彩葉の前に膳を置く。

「惣一さまのお食事は？」

「惣一さまは牛鍋がお好きなのでご用意しようと思いましたら、彩葉さまの好物を今川さんに聞かれたそうで。芋雑炊だとお答えしたら、それにしてくれと」

「えっ！　……せっかくの牛鍋だったのに、どうしましょう」

ようやく帰宅できてゆっくり食事を楽しめるのに、牛鍋が芋雑炊に変わってしまったなんて申し訳なさすぎる。

「今川さんの話では、彩葉さまの好きなものを知ることができてうれしそうだったとか。厳しい戦場から戻られたばかりで、まだ感情が高ぶっていらっしゃるかもしれませんが……これからご夫婦として、距離を縮めていかれればよろしいではありませんか。離縁はいつでもできますから」

「……ありがとう、すみさん」

皆の励ましで、彩葉は東雲家に残る決心ができた。惣一に拒絶されるまでは、妻でいよう。

彩葉はあの眼帯の下の赤い目を思い出した。

惣一は右、彩葉は左。まるで対になっているようだ。

とはいえ、彼が赤い目を持つのはただの偶然だろう。いや、彩葉が赤い目をしているのを知っていて妻に迎えてくれたようなので、同じ目を持つ者として苦楽をともにできると思ったのかもしれない。

そう都合よく考えるのは、そうであるとうれしいという彩葉の願望のせいだ。

彩葉がこの目のせいで苦労してきたように、彼もそうだったのだろうか。

これまで、あらぬ冷たい言葉をぶつけられて傷つきはしたけれど、この目を持ったからこそ惣一に出会えたのだとしたら、悲嘆すべきことばかりではない。

惣一が彩葉と決定的に違うのは、眼帯で隠しているとはいえ、実力で軍の仲間たちからの尊敬を集めており、天崇国の守護神のような立場に昇り詰めているところだ。

彩葉も必死に生きてきたつもりだったが、罵倒されてもこの目を持つ宿命だとあきらめ、言い返すことすらままならない状態だった。

きっと努力が足りないに違いない。惣一は赤い目を言い訳にせず、ひたすら鍛錬を重ねて、今の地位を築いたのだろう。

自分も、もっと強くならなければ。下を向いてばかりいないで、胸を張って惣一の隣に並べるように。

そう気持ちが定まったら完全に落ち着きを取り戻した。

「惣一さまは、もう召し上がられたの？」

「いえ、これから給仕に行こうかと」

それを聞き、彩葉は立ち上がる。

「どうかされましたか？」

「私が行ってはご迷惑かしら」

「彩葉さまが？」

すみは目を丸くしたが、すぐに口角を上げる。

「今川さんに伝えてまいりますね。惣一さまはきっとお喜びになられるかと」

「お願いします」

惣一は、いきなり離縁を口にした無礼な妻の申し出を喜んでくれるだろうか。本当に、婚姻の継続を望んでいるのだろうか。

不安はあれど、それより惣一の近くにいられるという喜びで心が満たされる。

久我家では家族と食卓を囲んだことなど一度もないため、家族だんらんにあこがれがある。惣一とそれが叶ったら……。

前向きになれた彩葉は、自然と頬が緩むのを感じた。

本邸の窓から、彩葉と男がもめている様子が見えたので慌てて出ていくと、『大事な娘を殺人鬼に嫁がせた』という言葉が耳に届いた。どうやら男は、久我の父のようだ。

殺人鬼と呼ばれようが構わないが、彩葉につらい生活を強いておいて、〝大事な娘〟と態度をひるがえすのはあまりに厚かましいと、激しい怒りが込み上げてくる。

それだけでなく、彩葉に向かって手を振り上げるので、その腕をへし折りそうになった。

彩葉を傷つける人間は、たとえ誰であっても許さない。

彩葉は、兄だけでなく実の父にも手を上げられていたのだろう。どうしてもっと早く気づいてやれなかったのかと、惣一は自分の不甲斐なさが許せなかった。

父を追い返し、彩葉に離縁を受け入れると伝えたとき、どれだけ苦しかったか。

そばに置けば傷つけてしまう。しかし、見えないところに行かせたくない。離縁したあと、彼女がほかの男と結ばれるなんて耐えられない。

そんな勝手な葛藤で気が狂いそうだ。

ずっと彼女を欲していたからか、無意識に頬に触れてしまった。

顔色がよいことに安心したのと同時に、このまま連れ去って、誰もいないところでふたりだけで生きていきたいという強い衝動に駆られた。

――だめだ。これ以上触れたら、彼女を求める気持ちが止まらなくなる。

そう感じた惣一は、彼女の言葉もまともに聞かず、本邸に入って扉を閉めてしまった。

しばらく寝室のベッドに座り放心していると、今川が食事を運んできてくれた。しかし扉の向こうには彩葉までおり、思わず腰を浮かす。

「惣一さま、少し遅くなりましたが夕食でございます。彩葉さまがご一緒したいとおっしゃっていますが、もちろんよろしいですよね」

惣一が断れないような言い方をするのは、今川の優しさなのかもしれない。

離縁を受け入れた直後なのに、ふたりで時間を共有できることに心が弾んでいるのを彩葉に知られるのは少々ばつが悪いからだ。

「ああ、もちろんだ。食堂に行こうか」

疲れているときは寝室で食べることも多いが、ふたりで使うには机が小さい。惣一が提案すると、彩葉がうれしそうに微笑むので安堵した。

食堂のいつもの場所に着席したのに、今川は対面の席に食事を置く。どうやら彩葉が持っているほうが惣一のための料理らしく、なぜか緊張して居住まいを正した。

「それでは私はこれで」

一礼した今川が食堂を出ていくと、彩葉の顔に緊張が走ったのがわかる。

「私が怖いか?」

「とんでもない。惣一さまが怖いなんて一度も……あっ」

彩葉が盆を持ったまま興奮気味に声をあげるので料理が傾き、思わず手を出した。

そのとき彼女の手に触れてしまったせいで、はっとした表情をしている。

「すまない」

「いえ……」

ふたりきりで日常をともにしたことがないせいか、妙な空気が流れる。けれど、彼女が勇気を振り絞って来てくれたと感じたので、笑顔を作った。

「いいにおいだ」

「私のせいで牛鍋が芋雑炊になってしまったようで、申し訳ありません」

彩葉が深刻な顔で謝罪するので、少しおかしい。

「謝る必要はない。芋雑炊も好きだぞ」

そう伝えると、彼女はようやく頬を緩めた。

肉でも魚でも、彩葉が望むものはなんでも出すようにと指示して出征した。しかし戻ってきたら芋雑炊が一番好きだと聞いて、思わず笑みがこぼれた。

欲がないのか、久我家で肉や魚をほとんど食したことがないから慣れないのか。どちらにせよ、目を輝かせて芋雑炊を口に運ぶ彩葉が頭に浮かび、微笑ましいと思ったのだ。

惣一は、幼い頃の彩葉の無邪気な笑顔を思い出した。

惣一の前に料理を並べた彩葉は、自分も席に着いた。

「いただこうか」

「はい」

手を合わせると、彼女も同じようにしている。それだけで心が躍るほど、この時間が尊い。

好物だという芋雑炊を口に運んだ彩葉は、柔らかな笑みを浮かべる。

幼い頃も、惣一がなにかに行き詰まるたびこうして微笑み、緊張をほぐしてくれた。おそらく彼女は無意識だっただろう。しかしどれだけ救われたことか。

「うまいな」

「はい」

同じように芋雑炊を食べ、たったひと言漏らしただけなのに、彩葉は満面の笑みを浮かべる。

――ああ、この笑顔をずっと見ていたい。

惣一はそんなことを考えながら食事を続けた。

「惣一さま」

箸を置いた彩葉が、まっすぐに見つめてくる。その赤い目にこれまでどれだけ苦しんできただろう。もう二度と泣かせたくない。

「どうした？」

「私……惣一さまがいらっしゃらないこの一年、寂しかったです。でも、国のために命を懸けて戦われる惣一さまを、恨んだことなど一度もございません」

「彩葉……」

仕方がなかったとはいえ、一年も戻らなかったことにあきれていると思ったのに、違うのだろうか。

「それどころか、私のために身の回りの物を選んでくださったり、不自由がないように取り計らってくださったり……。こんなことは初めてでしたので驚きましたが、本当にありがたくて。感謝でいっぱいです」

彩葉はうっすら涙を浮かべる。

祝言にも顔を出さず花嫁を放置した夫に感謝しているとは。

彩葉は、あの頃と少しも変わらない。

常に、あのぱっちりした大きな目で真実を見ようとする。そうして見えたものだけを信じ、信念を貫くために行動する。

彩葉は惣一が苦しむ姿を見て、迷うことなく追いかけてきた。返り血を全身に浴び、血なまぐさいにおいを纏う軍人など、怖くないはずがないのに。

「花嫁を迎えるのだから、あたり前だ」

そう伝えると、彩葉は笑顔に戻る。

「うれしいです」

「ああ」

もっと気の利いたことを話さなければと思うも、自分たちの間には離縁という問題があると考えると、言葉が出てこない。

「……それなのに、父があんな無礼を……」

「それは彩葉のせいではないと話しただろう？　久我の父上がどうであれ、彩葉が責任を感じることはなにもない」

そもそも彼女も久我の家族のせいで苦しんできた被害者なのだ。

そのとき、惣一ははたと気づいた。もしかして彼女は……。

「彩葉が離縁を望んだのは、そのせいなのか？」

思いきって問うと、彼女は大きくうなずいた。

「私が惣一さまのおそばにいると、これからも迷惑をかけてしまうと……」

「……そう、だったのか。そうか……」

嫌われたわけではなかったとわかり、安堵の胸を撫で下ろす。同時に、ここまで彩葉を追い詰めた久我家がますます許せない。

「彩葉」

名を呼ぶと、彼女は伏せていた顔を上げて視線を絡ませてくる。

ずっと彼女とこうして語り合っていたい。離したくない。

惣一にとって彩葉は、命に替えてでも守りたい人だから。

「父上のことは、まったく気にしていない。それに、迷惑などいくらでもかければいい。私は夫なのだから」

「惣一さま……」

「これまでそばにいられなかったが、これからは私が彩葉を守ると誓う。私の……妻でいてくれないか」

惣一の胸には、本当にこのまま彩葉をそばに置いてもいいのかという罪悪感が募る。しかし、彼女を求める気持ちはどうにも止められなかった。

「はい。どうぞよろしくお願いします」

声を震わせながら、しかしほっとしたような表情で承諾する彩葉が愛おしくて、彼女の隣に行き抱きしめてしまった。

運命の番

惣一と彩葉が出会ったのは、惣一が尋常小学校に通っていた頃。

代々魔獣討伐を担い、まったく刃こぼれせず硬い岩ですら打ち砕ける名刀を受け継いできた東雲家の長男として生まれた惣一は、果敢に魔獣に挑み帝都の人々を救う父を尊敬していた。

自分も将来父のようになりたいと、同級生たちが遊び回る間も尋常小学校の近くの空き地で一心不乱に木刀を振り続けた。いつかあの名刀を自分が受け継ぐのだという覚悟があったのだ。

しかし同級生たちは、そんな惣一を堅物で野蛮だとあざ笑った。

それでも、惣一は努力をやめなかった。

父から魔獣の恐ろしさをこんこんと説かれていたし、東雲家の別邸にある書斎で読みふけった歴史書で、街が魔獣に襲われて多くの者が命を落とした過去があると知っていたからだ。

東雲家は最後の砦なのだと父が誇らしく語る様子がまぶしく、いつか父のように帝都を守る存在になることだけが夢だった。

そろそろ桜が花開く、春の日差しを感じるようになったとある日。惣一は自分をじっと見ている少女に気づいた。

木刀を振り続ける惣一を鼻で笑って通り過ぎる者は多数いたが、さらさらの長い髪を風になびかせる彼女は、目を輝かせて惣一を見つめ、にこにこと愛くるしい笑みを見せた。

「なにをしている」

「見てるの」

久我彩葉と名乗った三つ年下の彼女はまだ六歳で、比較的体の大きな惣一の隣に並ぶと小動物のように小さくてかわいらしかった。

彩葉は、帝都で手広く商売をして財を築いた久我家の次女だと話したが、とても金持ちの家の子だとは思えないような、荒れた手をしていた。

彼女は天真爛漫という言葉がぴったりで、おかしいときは白い歯を見せて笑い、惣一が擦り傷でも作ろうものなら、泣きそうな顔をして心配した。

「僕が怖くないのか?」

「どうして?」

「どうしてって……」

わき目もふらず木刀を振り続ける惣一を、気が狂ったとか父が殺めた魔獣に取り憑かれているとかあらぬ悪口で貶める者はいても、近づこうとする者は皆無だった。

だからか、実に単純なその質問に思わず笑ってしまった。

「惣一くん、帝都を守ってくれるんだよね」

何度も顔を合わせているうちに、いつか父のあとを継いで帝都を守りたいと明かしたからか、そう尋ねてくる。同級生からはばかにされるのに、彩葉は真剣に耳を傾けてくれた。

「そうだよ。彩葉も僕が守るんだ」

「守ってくれるのに、どうして怖いの？」

信念を貫いてはいたが、周囲から浮いていることにも気づいていた惣一にとって、満面の笑みを浮かべた彩葉のその言葉がどれだけうれしかったか。

それからというもの、それを思い出すだけで厳しい鍛錬にも耐えられた。

「そっか。怖くないな。ありがとう、彩葉」

頭を撫でてやると、えへっ、と少し照れた様子で頬を赤らめ白い歯をこぼす彼女が、いつしか惣一の癒やしとなった。

「惣一くん、お手々痛くないの？」

惣一の手の肉刺にいち早く気づいたのも、くりくりの目で見上げてくる彩葉だった。

彼女はあかぎれだらけの自分の手より、惣一の手を心配した。

「僕は大丈夫。それより彩葉の手は……どうしてこんなふうに？」

「彩葉の手は弱いんだって。器をお水で洗ってると、こうなっちゃうの」

久我家ほどの財を持つ家門であれば、女中がいるはずだ。それなのに彩葉が器を洗っているのが不思議だったが、しつけの一環だろうと惣一は考えた。

驟雨のあと、南の空に虹が現れたとある日。惣一はいつものように空き地で木刀を振っていた。

「東雲じゃないか。お前の父さん、人を殺したんだってな」

詰襟の学生服姿の中学生三人に突然囲まれ、軽蔑のまなざしを注がれる。

「殺してなんていない」

「それじゃあこれはなんだ」

彼らが投げつけてきた新聞には【帝都陸軍第一部隊、隊員二名死す】という大きな見出しが躍っていた。

「父が殺したわけじゃない」

「大将は部隊を守って当然だろう？」

魔獣討伐の現場をよく知らない者がなにを言っているのかと、無視した。

父は指揮を執るだけでなく、みずから率先して魔獣討伐に加わっている。それは時折訪ねてくる第一部隊の者からも聞いているので間違いない。

しかし、軍人として優秀な父の能力をもってしても、全員を守るのは難しい。どうしても時折、犠牲者が出てしまう。

そうだとしても、父が率いる第一部隊がいなければ、今頃帝都は血の海だろう。

とてつもなく尊い仕事をしているのに、罵られるいわれはないはずだ。

屈辱に耐えながら木刀を握りしめ、彼らに背を向けて再び振ろうとしたそのとき、石が飛んできて背中に当たった。

「お前も人殺しになるために、そうやって木刀を振ってるんだろ」

「野蛮人が！」

「帝都から出ていけ！」

惣一は振り返り、木刀を構える。すると三人は顔色を変え、あとずさった。

――耐えるんだ。

父から、刀で人を傷つけてはならんときつく言われていた惣一は、悔しさに唇を噛みしめながら木刀を下ろす。

「あはは。腰抜けだ」

けらけらと笑いながら去っていく三人を見送り、惣一はその場に膝をついた。すると雨のせいでできた水たまりに、情けない顔が映っている。

「僕は、腰抜けなのか？　父上が無理なら、僕に帝都なんて守れるわけがない。この手は……ただの野蛮人の手なのか？」

惣一は肉刺だらけの手を見つめ、つぶやく。

「私は惣一くんの手が好き」

そのとき彩葉の可憐な声が聞こえてきて、惣一ははっとした。

「私の好きな手をそんなふうに言わないで」

彩葉は隣に歩み寄り、惣一の手を握って自分の頬に持っていく。

「大好き」

まだ幼く、軍についてなどよく知らないだろう彩葉が、中学生との会話をすべて理解しているとは思えない。けれど、沈んだ惣一を見て励ましてくれたに違いない。

「ありがとう、彩葉」

目の奥が熱くなり、涙がこぼれそうになったがこらえた。

――帝都を……そして彩葉を守る。父を超えられるくらい、強くなってみせる。

惣一は気持ちを新たにした。

それからも彩葉との交流は続いた。

いつもひとりの彼女に友はいないのかと尋ねたが、あいまいに笑うだけ。尋常小学校に通っていないのか、時折文字を教えてほしいとねだられもした。

空き地のハナミズキが色づいた頃、父が出征中にけがをしてしばらく臥せった。

惣一は落ち込んだが、早く父の片腕として働けるようになりたいと、その日も鍛錬を積んでいた。

いつものようにやってきた彩葉だったが、雲ひとつなく晴れ渡る空とは対照的に、冴えない顔をしている。

「どうした？」

「……春子お姉さまから、シャガの花を摘んでくるように言われたのだけど、山に入らないと咲いてないの。でも怖くて……」

「どうしてもいるのか？」

断ればいいのにと思い何気なく尋ねると、彩葉は深刻な顔をしてうなずいた。

「そのお花を持って帰らないと、お母さまのお薬代を払ってもらえなくなるの」

「母上の薬って？」

彩葉を促したが、彼女は口をつぐんでしまった。

「わかった。シャガならさほど山の奥に行かなくても咲いているはずだ。一緒に摘みに行こう」

「いいの？」

なにか深い訳がありそうだと思った惣一は、彩葉の願いを叶えることにした。

シャガの花なら、そのあたりの山にいくらでも咲いているはずだ。魔獣が多く潜んでいる泉下岳ではないうえ、活動を始める夜までにはまだ時間がある。奥地まで行かなければ問題ないだろうと考えたのだ。

「ああ。でも、僕のそばを離れたらだめだからね」

惣一が手を差し出すと、笑顔を取り戻した彩葉は、しっかりとその手を握った。

シャガの花は、さほど苦労せずに見つかった。日陰になっていたそこで花を摘んでいると、彩葉がなにかを見つけた。

「惣一くん。この犬、けがしてる……」

見れば白い毛の子犬が、脚から血を流して横たわっていた。

惣一は慌てて犬を抱き上げたが、見た目とは違いずっしり重いのに驚く。

子犬の開いた口から鋭い牙が覗いており、これは子犬ではなく魔獣だと察して、そっとその場に戻した。

「彩葉、逃げるぞ」

「どうして？　この子、死んじゃう」

「犬じゃない、魔獣だ」

惣一は彩葉の手を引き、すぐに走りだした。

魔獣の子を惣一たちが傷つけたと勘違いされたら、命が危うい。魔獣は夜間しか活動しないが、子がいなくなったと知れば太陽が昇っていようとも捜しに来るだろう。

い。

　この山に魔獣が出ると聞いたことはないが、子が迷い込んでしまったのかもしれな

　――ウゥウゥ。

　しばらく進んだところで、低い唸り声が聞こえてきて、足を止めた。

「惣一くん……」

「しーっ。魔獣が近くにいる。むやみに動くと危ない。こっちだ」

　惣一は彩葉の手を引き、岩陰に隠れた。

　しかし魔獣は鼻が利く。ずっとここにいては見つかってしまう。

「彩葉、よく聞いて。ここをまっすぐ行くと、街に出られる。街まで行ったら、近くの大人に魔獣が出たと伝えて軍を呼んでもらうんだ」

「えっ……惣一くんは？」

「僕は魔獣を引きつけておく。走れるよね」

　魔獣は俊敏だと聞く。彩葉を連れて街まで無事に戻れる確率は低い。それならば、自分がおとりになろうと考えた。

「嫌だ。惣一くんと一緒にいる」

「……足手纏いなんだ。彩葉がいると、僕まで死ぬ」

　惣一はわざと冷たく突き放した。

彩葉は優しい子だ。そうとでも言わなければ、ひとりで逃げようと思わないはずだから。

彼女のゆがんだ顔はこたえた。あとにも先にも、あんなにつらそうな顔を見たことがない。

けれど、彩葉を守れるのは自分だけだと気を引き締めた。

近くで木が揺れている。魔獣が近づいてきたと察した惣一は、木刀を握り直した。

「彩葉、行くよ」

「嫌だ。一緒がいい」

彩葉は惣一の腕にしがみつき、首を何度も横に振っている。

「僕を殺す気か？」

涙目の彩葉に向かってわざと冷酷な言葉を口にすると、彼女は手を放して唇を噛みしめた。

「……今しかない。彩葉、走れ！」

強引に彩葉の背中を押して送り出し、自分は揺れた木のほうへと向かう。すると、惣一の背丈よりずっと大きい白虎に似た魔獣がいて、体が震えた。

彩葉が無事か確認したいが、視線をそらした瞬間に襲いかかられるような威圧感があり、とても振り向けなかった。

ここで食い止めるしかない。

惣一は覚悟を決めた。

「お前の相手は、僕だ」

木刀を構えたところで、なんの役にも立たないことはわかっていた。真剣で戦う軍の者ですら、命を落とすのだから。

惣一は魔獣を攪乱(かくらん)するように付近を走り始めた。彩葉が逃げるだけの時間を稼ごうと考えたのだ。

しかし魔獣はその巨体に似合わず恐ろしいほど足が速く、何度も牙にかかりそうになり、すんでのところでかわす。

──彩葉、早く逃げろ。

そろそろ逃げ回るのも限界だ。心臓が破れそうなほど激しく鼓動し、死をも覚悟したそのとき、魔獣が突然方向を変えて駆けだした。

「待て。お前の相手はここにいる！」

魔獣の向かった先に、彩葉がいる。彩葉のにおいに気づかれてしまったのだ。

血の気が引いた惣一は、必死に魔獣を追いかけた。

「お前の敵は僕だ！」

どれだけ叫んでも、魔獣の足は止まらない。

「彩葉。逃げろ！」

惣一の視線の先に恐怖で立ちすくむ彩葉の姿があり、叫ぶ。

「彩葉ー！」

魔獣が鋭い牙をむき出しにして彩葉目がけて飛び上がったそのとき、どこからか黒鳶色の毛を持つ動物が飛び出してきて、横から魔獣に体当たりした。

魔獣よりは少し小さいが同じように赤い目をしたその動物は、どうやら狼のようだ。

狼は恐怖のあまり気を失った彩葉に食いついた。

「やめろ！」

彩葉が死ぬなんて、考えられない。

惣一は泣きそうになりながら、走りに走る。すると彩葉を食いちぎると思った狼が彼女をくわえて駆けてきた。そして、息を切らせる惣一の前に彩葉を下ろす。

「お前……助けてくれたのか？」

「乗れ」

たしかに、そう聞こえた。

狼が話すなんて腰が抜けそうになるほど驚いたが、今は会話ができるほうが好都合だ。

助けてくれるのかもしれないと感じた惣一は、狼を信じることにした。

　彩葉を抱いてまたがると、すさまじい勢いで走りだす。そして、洞窟の前で止まった。

「あ、ありがとう」

「まだこれからだ。魔獣はあきらめていないぞ」

　淀みなく話す大きな狼を呆然と見つめながらも、途方に暮れる。

　彩葉を抱いていてはまともに走れず、たちまち魔獣の餌食となる。助けを求めに行くにも、意識のない彼女をここに置いておけない。

「お前、俺と契約する気はあるか？」

「契約？」

「俺は狼の紅炎。我が一族は、魔獣のせいでほとんどが命を落としてしまった」

　そういえば、狼は魔獣の天敵だと書物で読んだ。

「老いぼれた俺だけでは、全魔獣を殺る力が足りない。生き残るには、人間と手を組むしかないのだ。お前の体に入らせてくれるなら、あの魔獣を倒してやるし、今後も力を貸してやる」

「なぜ僕の体に？」

「先ほどから見ていたが、お前はなかなか骨がありそうだ。魔獣にひとりで立ち向かうとは、見上げた根性だ」

どうやら気に入られたらしいのだが、狼と組むなんてとても現実とは思えず瞬きを繰り返す。

「その代わり、我が一族の恨みを晴らすまでは、お前は魔獣とかかわり続けることになる」

つまり紅炎は、惣一の体を使って殺された仲間の弔いをしようとしているのだろう。

狼と一体化するなんて信じられないけれど、それで彩葉が助けられるならなんだって受け入れる。

それに……もうずっと前から、自分の人生は魔獣と切っても切り離せないと覚悟を決めていた。

「望むところだ。僕は、東雲惣一。いずれ、魔獣討伐部隊の指揮を執る」

大それたことを口にしているのはわかっている。父がいくら偉大でも、実力がなければその地位は手に入らないからだ。

しかし、そこまで必ず駆け上がると決めている。

「ほお、頼もしい。それでは契約をかわそう」

紅炎はそう言うと、いきなり惣一の右肩に歯を立てた。

「な、なにするんだ！」

「なにって、契約だ。それでは、ここで待っていろ」

紅炎はそう言い残して出ていった。

噛まれた右肩を見ると、牙の痕が四つ残っており、血がにじんでいる。

しかし本気で噛みついたわけではなさそうだ。あの鋭い牙であれば、人間の肉くらい簡単に食いちぎれるだろう。

「狼と契約……」

恐ろしくもあるけれど、彩葉を守るためだ。

魔獣相手に死の覚悟をするしかなかった惣一は、自分の力のなさにがっかりしつつも、腕の中の彩葉の胸郭が同じ調子で動いているのを見て、ひどく安心した。

「彩葉、怖い思いをさせてごめんな。もう少しだ。頑張れ」

シャガの花を採りに行くと彼女が話したとき、止めるべきだった。魔獣の恐ろしさを知っていたのに、日が暮れる前なら大丈夫だと油断した。

惣一は自分の浅はかさにあきれながら、ひたすら紅炎が戻るのを待ち続けた。

紅炎は、四半刻ほどで息を切らせながら戻ってきた。

艶のある美しい毛に血がついており、死闘を思わせる。

「けがをしたのか？」

「いや、大丈夫だ。あの魔獣、子を捜していたのか？」

「彩葉が、傷ついた魔獣の子を助けようとしたんだ。そうしたら――」

「お前たちがけがをさせたと、誤解されたんだな」

　惣一はうなずいた。

「あの魔獣は、子をくわえて奥に逃げていった。仲間を連れて戻ってくるはずだ。早くここを離れたほうがいい」

「そうする。紅炎、本当にありがとう。よかったな、彩葉」

　紅炎に出会わなければ、彩葉も自分も確実に命を落としていた。

「お前、そんなにその子が大切か？」

「ああ、とても大切な子だ。僕に勇気をくれた、大切な……」

　野蛮人だと罵られひどく落ち込んだとき、彩葉は優しい笑みを浮かべてこの肉刺だらけの手を好きだと言ってくれた。帝都を守ると大それたことを口にしても、疑いもせずに信じてくれた。

　彩葉のおかげで、惣一は信念を貫けている。

「そうか。ずっとそばに置きたいと思うか？」

　紅炎は先ほどからなにが知りたいのだろう。質問の意図はわからないが、惣一はうなずいた。

「彩葉は、僕が命を懸けてでも守りたい女の子だ」

　きっぱり宣言すると、紅炎が近づいてくる。

「番は、助け合うものだ」

「番？」

「そうだ。相手のためなら命を差し出せるくらい大切な者」

「んっ……」

紅炎が今度は彩葉の左肩に歯を立てる。彩葉は一瞬顔をゆがめて目を開き、小さな声を漏らしたけれど、再びガクッと力が抜けてしまった。

「なにするんだ！」

「これでお前たちは番となった」

「はっ？」

紅炎の話が読めず、惣一は彩葉の傷口を押さえながら怒りの声を出す。

「惣一。お前は今後、俺とともにある。俺の力は魔獣討伐の大きな戦力となるはずだ。しかし、狼を宿すには人間の体は少々脆い」

「なんの話だ？」

「俺の力を使ったあと、お前はしばらく血の疼きに苦しむことになる」

「血の疼き？」

初めて聞いた話に、首を傾げる。

「そうだ。俺の力の強さを人間の小さな体では受け止めきれず、血が煮えたぎるのだ。

回数を重ねるごとに、寿命が縮まる」

　紅炎の話に目を瞠った。

「そんな話は聞いていない！」

　――あと出しなんて卑怯じゃないか。

「この娘が魔獣に食われてもよかったのか？」

　惣一はなにも言えなかった。

　紅炎のおかげで彩葉の命を守れたのは事実だ。その代償であれば、受け入れるしかない。紅炎がいなければふたりとも魔獣の餌食となっていたのだから、寿命が延びたくらいだ。

「いや……。わかった」

「ただし、血の沸騰を抑える方法がひとつだけある」

「なんだ」

　惣一が身を乗り出して聞くと、紅炎は彩葉に視線を送った。

「番となったこの娘の血を飲めばいい」

「彩葉の血を？」

「少しでいいのだ。番の血を分けてもらえば、沸騰は治まる」

　紅炎は軽い言い方をするが、血を分けてもらうということは、そのたびに彩葉を傷つけなければならない。

「安心しろ。お前は私のような牙は持たない。さほど痛くはないさ」

紅炎の飄々(ひょうひょう)とした言い方に、憤りが止まらない。

「彩葉を傷つけるなんて、絶対に嫌だ。どうして……どうして彩葉を番にした。契約するのは僕だけでよかったじゃないか！」

たとえ、血の沸騰に苦しみ早い死を迎えることになっても、彩葉まで巻き添えにしてほしくなかった。

「お前が死ねば、俺はまた別の人間を探さなければならない。だが、お前のように能力を秘めた覚悟のある人間はそうそう見つからないのだ。番がいてもらわないと困る」

紅炎が、少しでも長く惣一の中にいるために彩葉まで巻き込んだと知り、怒りが抑えきれない。

「ふざけるな」

「ふざけてなどいない。お前がこの娘に命を差し出しても惜しくないように、この娘もそうではないのか？　自分を助けるために魔獣の前にためらいなく飛び出していったお前のためならな」

「そんな……」

そんなつもりは少しもなかった。見返りが欲しくて、彩葉を守ろうとしたわけではないのだから。

「もう契約してしまったのだから、取り消せない。その娘を街に帰すなら手伝おう」

　惣一はまだうまくことを呑み込めておらず、夢でも見ているかのようだ。しかし、自分の腕の中で苦しげに顔をゆがめて呼吸を繰り返す彩葉の体温をたしかに感じ、これは現実なのだと思い知った。

「俺の力が必要なときは、いつでも話しかけるといい。入るぞ」

　紅炎はいまだ放心している惣一に近づいてきて、体の中に入っていく。

「うっ……うわあっ」

　とんでもなく重い鉄の塊でもぶつけられたかのような衝撃があり、彩葉を一旦地面に寝かせた。その直後、内臓を切り裂かれるような激しい痛みに襲われて、必死に耐える。噛みしめた唇に血が滲み、首を絞められているかのごとく息が苦しい。

「や、やめてくれ……」

(俺を受け入れると決めたのはお前だ)

　紅炎の声が聞こえてきたあと、惣一は一瞬気を失ってしまった。

(……いち。……ういち)

　誰かが呼んでいる気がして目を開けると、(まったく)というあきれ声が聞こえてきた。

「紅炎か？」

（そうだ。今後、俺の声はお前にしか聞こえないと覚えておけ）

紅炎の姿はどこにもなく、その代わり体に違和感があった。ずっしりと重く、ふたつの心臓が異なる速度で動いている。

本当に惣一の体に入ったようだ。

（そろそろ日が落ちる。ここを出ないと面倒なことになるぞ）

「彩葉！」

彩葉に触れると、体が燃えるように熱い。

「ひどい熱。なんだ、これ……」

（お前とは違って、繊細なんだろう。お前の番となり、体がついていけていないのだ）

「どうすれば……？」

（熱はしばらくしたら下がる。ただ……）

紅炎が言葉を濁すので、嫌な予感がする。こいつは都合の悪いことは、全部あと回しだからだ。

「ただ、なんだ」

（番の証が体に表れる、とでも言っておこうか）

奥歯にものが挟まったような言い方に、いらいらする。

「番の証とはなんだ」

（すぐにわかる。それより早く街に戻るぞ。魔獣の遠吠えが聞こえる）

惣一の耳にもかすかに届いた。とにかくここを離れなければと立ち上がり、彩葉を抱き上げた。

「えっ……」

彩葉は体が小さいとはいえ、意識がない状態の彼女を抱いて街まで戻れるか心配していたのに、軽々と抱き上げられた。もしかしたら片手でも、いや指一本でも持ち上げられそうな自分の力に戸惑う。

（それが俺の力だ）

「紅炎の？」

想像を絶する能力に驚いたが、今はありがたい。惣一は彩葉を抱いて、木の根や石が転がる悪路を急いだ。

無事に帝都の街に到着し、久我家へと急ぐ。しかしそのうち惣一の体が熱くなってきて、息切れもしだした。

（俺の力を使うのは初めてだから、きついだろう。その娘を置いて家に帰れ）

「置いてなんかいけるか」

（お前の狂った姿を見せたいのか？）

――狂った？

沸き立つ血に耐えるというのは、それほどすさまじいものなのだろうか。

彩葉を驚かせたくないと思った惣一は、仕方なく人目につきそうな場所に彩葉を寝かせ、近くにいた人に声をかけてからその場を離れた。

「おい、子供が倒れてるぞ！」

そんな声が聞こえてきたとき、彩葉は大丈夫だと安心したのと同時に、すさまじい喉の渇きに襲われ、よろよろと歩きながら東雲家に向かう。

その道すがら、行き交う人たちが惣一をちらちらと見るのが気になったが、他人と会話をする余裕すらない。

東雲家の門を入ったところで倒れていたという惣一は、侍従の今川に助けられ、ひと晩苦しんだ。しかし翌朝はすっかり体が軽くなっており、ベッドから抜け出す。

「そ、惣一？」

食堂にいた母が、顔を出した惣一を見て大きな声をあげた。

「どうしたの？　この目……」

「目？」

惣一は知らなかった。自分の右目が真っ赤に染まっているのを。だから街の人たちは、惣一を見て驚いた顔をしていたのだ。

紅炎の話していた番の証とは、このことだろうか。そうだとしたら彩葉も……？

「今川、医者を呼んで！　惣一、部屋に戻りましょう。昨日、なにがあったの？」

母が泣きそうになりながら尋ねてくる。すると、けがをした左腕に包帯を巻いた父も気づいてやってきた。

「あなた、惣一の目が……」

「おまえ、まさか魔獣に……」

日々魔獣と対峙している父は、なにか感じたのかもしれない。

けれど、昨日の出来事はうまく話せそうになかった。なにより、この体に狼がいるなんて、誰が信じるだろう。

「魔獣？」

母が卒倒しそうだ。

「なんのこと？　昨日、転んで目をぶつけたんだ」

とっさに嘘をついたのは、魔獣討伐を担う軍人の息子が魔獣に襲われたと知られては、父の恥になるのではないかと思ったからだ。

そういえば、紅炎に噛まれた肩の傷はどうなったのだろう。

着物の襟元からそっと覗くと、すっかりきれいになっている。

（安心しろ。傷は治しておいてやった）

紅炎の声が聞こえてきて、はっとする。しかし父も母も気づいていないようだ。紅炎の声は、本当に惣一にしか聞こえないらしい。

(目は無理だ。番の証だからな)

やはりそうなのか。

彩葉について問いたかったが、父や母の前では聞けず、惣一は一旦自室に戻った。

医者の診断では体に異常は見られず、目が赤いのも原因不明。結局、ぶつけたときに出血して血が止まっていないのだろうとされた。

とはいえ、何日経っても赤いままで、惣一は眼帯をつけ始めた。

周囲の人たちに説明するのが面倒だったのと、やはり魔獣に襲われたというような噂が広がったら、父の名誉が傷つくと考えてのことだった。


紅炎と出会って五日。

すっかり元気を取り戻した惣一は、彩葉を訪ねることにした。

今川に久我家に行くと伝えると、おかしな答えが返ってきた。

「惣一さまもあの噂が気になるのですね。ですが久我家の娘さんは、なにも覚えていないそうですよ」

なんのことかよくわからずさらにくわしく聞くと、高熱を出した彩葉は最近になってようやく回復したが、肩に牙の痕があり、なおかつ左目が真っ赤だったことから、魔獣に襲われながらも生還したと注目の的になっているのだとか。

魔獣に襲われたのは事実だが、赤い目は紅炎との契約のせいなのに。

「惣一さまの目は、ぶつけられたからなのですよね？」

念押しするように尋ねる今川に、思わずうなずいてしまった。

彩葉が好奇の目にさらされているならば自分も……と思ったが、父への影響を考えるとどうしても言い出せなかった。

尋常小学校に復帰した惣一は、その帰りに久我家へと急いだ。すると縁側に座り、空を見上げて放心している彩葉が垣根越しに見え、その目が自分と同じように赤いことを確認した。

「彩葉」

惣一が垣根越しに声をかけると、彼女は気づいて庭に下りてきてくれる。

「無事でよかった。ごめんな、その目……」

惣一がそう言うと、顔をゆがめた彼女は左目を手で隠す。

「僕には隠さなくていいんだよ」

惣一が目を見せようと眼帯に手をかけたとき、衝撃のひと言が聞こえた。

「……あなた、だあれ？」

「僕だよ、東雲惣一」

「惣一……くん？　初めまして。久我彩葉です」

——初めまして？

惣一はそのとき、彩葉が記憶を失っていることを知った。

これまで魔獣に襲われて生きて戻った者はいなかったため、逃げ切る方法が知りたいと、帝都はしばらく彩葉への興味でざわついた。

しかし肝心の彩葉がなにも覚えておらず、本当に魔獣に襲われたのかどうかも定かでないため噂話は収束していった。

惣一は、あれから彩葉に会うのをやめた。紅炎の話が事実であれば、いつか自分が彩葉を傷つけるのではないかと怖かったからだ。

たとえ寿命が短くなろうとも、惣一の可能性を信じ、励まし続けてくれた彩葉を犠牲にすることだけは耐えがたかった。

それに、魔獣に襲われそうになった恐ろしい出来事を忘れるために記憶を封印したのであれば、自分が顔を出して思い出すような事態になってはまずいと考えたのだ。

番であろうが、二度と会うことはないと思っていたのに……あの雪の日、赤い目の少女を見てすぐに彩葉だとわかった。

平穏に暮らしていると思っていた彼女が久我家でひどい扱いを受けていると知り、

妻に迎えると決めたのだった――。

惣一が久我家の無礼を知ってもそばに置いてくれると知り、彩葉はそれに甘えてしまった。

当然ではあるけれど、あれから父は東雲家を訪ねてくることも、文をよこすこともない。久我家の借金がどうなったか気になりはしたもののできることはないし、寛大な心で自分を引きとめてくれた惣一には絶対に迷惑をかけないようにしなければと決めている。

惣一はしばらく休みを取ったようだ。長い討伐の間、部隊の者は交代しながら魔獣と対峙していたが、指揮を執る惣一だけは一度も帰宅せず、疲弊していたからだ。

命がけで帝都を守ってくれた惣一を彩葉は尊敬し、また妻として誇らしく思った。

妻としてなにができるのかと考え、すみに頼み込んで惣一のために牛鍋を作ることにした。

牛鍋を久我家で作ったことはなく、もちろん食したこともなかったため味付けがわからなかったが、すみがまるで母のように優しく教えてくれた。

母が病に侵されなければ……こんなふうに穏やかに暮らせただろうか。

ふとそう考えたが、過去は変えられない。黄泉に渡った母が心配しなくていいように、これからは笑顔で過ごしたい。

角切りの牛肉を贅沢に使い、ねぎと一緒に味噌で味付けしたそれは、とてもうまくできた。

「いいにおい」

彩葉がすーっと息を吸い込むと、すみが笑っている。

魔獣討伐の任務で疲れている惣一に負担をかけないように、彩葉は相変わらず別邸で過ごしている。

子づくりを求められることもなく、どうして惣一が自分を花嫁として迎えてくれたのかいまだにわからない。

とはいえ、時折食事をともにするようになった。今日も、本邸の食堂で食べることになっている。

すみと一緒に牛鍋を運んでいくと、惣一みずから扉を開けて出迎えてくれた。

「牛鍋を作ってくれたのか？」

「お口に合えばいいのですが」

惣一と話していると、すみが微笑んでいる。彼女は彩葉と惣一の距離が縮まるのがうれしいようだ。

本邸は外観だけでなく内装も西洋風で、壁は白く、天井には絢爛たる照明器具がつけられている。

西洋風の建物は帝都でも時折見かけるが、個人の持ち物で東雲邸ほど立派な建築物はほかにないのではないだろうか。

すみは食堂で準備をすると、すぐに出ていってしまった。

ふたりきりになるとまだ少し緊張する。もちろん怖いからではなく、なにを話したらいいかわからないからだ。

「ねぎにまでいい味が染みている」

ねぎを口に運び目を細める惣一は、どうやら牛鍋を気に入ってくれたらしい。それだけで彩葉の胸は躍る。

安心して食べ始めると、彼は再び口を開いた。

「花壇の花、ありがとう」

「あっ……はい」

惣一のために育てていることを、今川から聞いたのだろう。改めてお礼を言われると面映ゆい。

「彩葉はなんの花が好きなんだ？」

「私は……桜、でしょうか。短い間しか花開きませんけど、だからこそ尊くて美しいというか……」

桜の花びらが風に煽られて空を舞う様子は心安らぐ。

久我家にいた頃、自分もあの花びらに交じって遠くに飛んでいきたい、自由になりたいと何度思ったことか。

けれど、もう今は違う。惣一のそばにいられるのがなによりも幸せだ。

「桜か……。一緒に見に行こうか」

「はい！」

惣一の提案があまりにうれしくて声が大きくなってしまうと、くすっと笑われた。

惣一たちの活躍のおかげで、頻繁に帝都に迫っていた魔獣の群れはいなくなったようだが、日々の警戒を怠(おこた)ることはできない。

惣一は休暇が明けると、再び出征した。

魔獣は夜間活動するため、惣一たちも夕方から朝にかけての仕事となる。大変な生活を強いているのだと、帝都を守る彼らに改めて感謝した。

今川が本邸から出てきたあと、惣一が胸に多くの勲章をつけた凛々(りり)しい軍服姿で姿を現した。それに気づいた彩葉は、別邸を飛び出して門へと走る。

「惣一さま！」

呼び止めると惣一は振り返り、今川はそっと離れていった。

惣一の表情は柔らかく、ようやくまともに向き合えるようになったうれしさに目頭が熱くなる。

「もう暗くなる。家に入りなさい」

「はい。お気をつけて。行ってらっしゃいませ」

頭を下げると、惣一の指が彩葉の耳に触れる。驚いて顔を上げると、乱れた髪を直してくれていた。

「ありがとう。行ってくる」

惣一の優しい微笑みは、きっとこの先も彩葉の心に刻まれて忘れることはないだろう。

門の外には、同じく軍服を着た屈強な三人の男が左右に分かれて待ち構えており、その間を進む惣一に敬礼している。惣一は、立派な黒塗りの自動車に乗って行ってしまった。

陸軍総帥という軍でもっとも高い位にある惣一への敬意を垣間見て、その妻として恥じない生き方をしなければと感じた。

長い遠征とは違い、東の空が白み始めた頃、惣一は帰ってきた。

かすかな物音に気づいた彩葉が浴衣に羽織を羽織って門へと出ていくと、見送ったときとは違い険しい表情の惣一がいた。遠目でも軍服に血が飛んでいるのがわかり、今日も魔獣と対峙してきたのだと知った。

「惣一さま」

「来るな」

彩葉が名を呼びながら駆け寄ろうとすると、冷たい声で止められてしまった。

「お、おけがはされていませんか？」

勇気を出して尋ねても、返事がない。

彼は出征時とはまるで違う少しよろけるような危なっかしい足取りで本邸の玄関に向かい、扉に手をかける。

「惣一さま？」

「私に近寄るな」

心なしか息遣いが荒い彼は、彩葉を拒絶して本邸に入っていってしまった。

討伐に出かけるときはあれほど穏やかな表情をしているのに、なぜ帰宅時はこれほど強く拒絶されるのか、彩葉は混乱していた。

単に疲れているからという理由ではない気がするのは、『近寄るな』と命令口調だからだ。

日々自分を気遣ってくれる彼からは優しさが垣間見えるのに、理由も告げず自分を拒否する姿に違和感があった。

それに……かなり体調が悪そうに見えるのだ。視線が鋭く尖っているし、山を下りてなお、なにかと戦っているようなひりついた空気を纏っている。

以前組み伏されたときのように、神経が高ぶっているだけだろうか。

彩葉は、あのとき歯を立てられそうになった手の甲を見つめる。

自分の知らないなにかが隠されている気がして、緊張が走った。

一旦別邸に戻った彩葉は、すみとふたりで惣一のための食事をこしらえた。しかし本邸には入れてもらえず、今川に託すこととなった。

今川は、惣一は疲れているだけで今は眠っていると言うが、彩葉にそう伝えるときの目がなにか訴えているような気がして、少し引っかかっている。


それから五日。

過酷な任務をこなす惣一とは出征の見送りでしか会えず、少し寂しい。

帰宅時は必ず近寄ることを強く拒まれるため、ここ数日は別邸の窓から彼の姿を見るだけにとどめている。もしかしたら、疲れて弱っている姿を妻に見せたくないのではないかと思ったからだ。

とはいえ、今川から惣一を助けてほしいと言われているし、妻としての役割を果たしたい。けれど、会話すらままならない状態では、なにをしたらいいのかわからなかった。

惣一が休息日だと今川から聞いた彩葉は、太陽が南中した頃に本邸の玄関まで行った。

どうしたら彼と距離を縮められるのかと考え、もっと交流を持ちたいと思ったのだ。思いきって扉の持ち手に手をかけたが、それを開ける勇気がない。

許可なく入るなと今川に叱られるのはまだいいとして、勝手な振る舞いをして惣一にあきれられるのが怖いのだ。

それに、日々体を張って戦いに挑んでいる彼は、眠っているかもしれない。そうであれば邪魔なだけだ。

手を引き、あきらめようとした瞬間、扉が開いて惣一が姿を現した。

「どうした、彩葉」

毎朝の刺々しい雰囲気は鳴りを潜め、声も幾分か高く聞こえる。なにより、拒絶ではなく、いたわるような言葉にひどく安堵した。

「……どうして私がここにいるとおわかりに？」

「窓から花壇を見ていたのだ。そうしたら彩葉の姿が見えて」

「そう、でしたか……」

惣一に気にかけてもらえただけで笑みがこぼれるほどうれしい。

「なにか私に用があったのでは？」

「あっ、あの……。今日は休暇だとお聞きしたので、街に……」

「街？　なにか必要なものがあるのか？　それなら奥井に頼んで――」

「違うんです。……惣一さまと一緒に行けたらと……」

欲しいものなどなにもない。惣一との穏やかな夫婦の時間を過ごしてみたいだけ。

思いきって伝えたものの、また明日の夕刻から過酷な任務が待っているのだから、体を休めるべきだと後悔した。

「いえ、忘れてください。失礼しま……」

彩葉が踵を返すと、腕をつかまれて目を瞠る。

「惣一、さま？」

「彩葉は、私と一緒に歩くのは嫌ではないのか？」

思わぬ質問に、目をぱちくりさせる。

「嫌なわけがございません。こんなにお優しいのに、どうしてそんなことをおっしゃるのですか？」

「優しいと言ってくれるのは、彩葉だけだ。私は街の一部の者から殺人鬼と呼ばれている。そんな私と一緒に街に赴いたら、彩葉が困るのではないか？」

惣一が難しい顔をするので、笑顔で首を横に振った。

「やっぱり惣一さまはお優しい。そうやって、私を気遣ってくださるのですから。……あっ」

気持ちを伝え終わった瞬間、彩葉は惣一の腕の中にいた。

たちまち心臓がうるさくなり、激しくなる鼓動が彼に聞こえていないか心配になる。

「惣一さま？」

「すまない。つい……」

惣一はすぐに解放してくれたが、心なしか耳が赤く染まっている。

つい、とはどういう意味なのだろう。彩葉にはわからなかった。

「少し待っていなさい。準備をしてくる」

「えっ……」

「街に行きたいのだろう？」

――一緒に行ってくださるの？

てっきり面倒がられるとばかり思っていた彩葉は、うれしさのあまり白い歯をこぼす。

「はい」

返事をすると、惣一はにこやかに微笑み、一旦奥に入っていった。

すぐに戻ってきた彼は、白いシャツの上に羽織った黒い背広がよく似合っている。隣の彩葉は、惣一がそろえてくれた薄桜色の江戸小紋姿だ。髪は母の形見のつげの櫛で整え、同じく薄桜色のリボンをつけた。

人力車で街の中心に行くと、惣一は先に下車してすっと手を差し出してくる。その手の意味がわからない彩葉は、パチパチと瞬きを繰り返した。

「どうした？　よろけないように手を」

「あっ、ありがとうございます」

まさか自分を気遣ってくれているとは。

こんなふうに大切に扱われた経験がない彩葉は、驚くとともに面映ゆくてたまらない。しかし、せっかく気遣ってもらえたのだからと、思いきって手を重ねた。

「さて、なにが欲しいのだ？　遠征に行く前に、今川に彩葉の欲しいものはなんでもそろえるようにと伝えておいたのだが、なにも増えていないそうじゃないか」

「箪笥にもうたくさんのお着物がありましたもの。このお着物も大のお気に入りなのです。惣一さまのお気遣いが、すごくありがたくて……。本当にありがとうございました」

まだきちんとお礼を伝えていなかったと頭を下げると、彼は優しい目で彩葉を見つめる。

「本当にお前は、欲がないのだな」

「そういえば、花の種をねだってしまいました。すみません」

慌てて付け足すと、惣一はくすっと笑みをこぼした。彼が優しい表情で笑う姿は、彩葉の心を弾ませる。

「なぜ謝る。花壇の花は、私のために植えてくれたのだろう？　花のお礼に、私がなにか見繕おう」

「私のものは必要ございません」

ただ、こうして惣一と一緒に歩き言葉を交わせるだけで、胸がいっぱいだ。

「私が彩葉の物を買いたいのだ。だめとは言わせない」

惣一が少しおどけた調子で言うので、自然と頬が緩む。無理やり連れてきたのではないかと心配したけれど、彼も楽しそうでよかった。

惣一の隣を歩くのは照れくさくもあったが、とにかくうれしい。

しばらく行くと、軍服姿の軍人五人ほどと出くわした。彼らは惣一に気づくと、素早くきびきびとした動きで一列に並ぶ。

「東雲陸軍総帥に敬礼」

五人の中では上官と思われる腕章をつけた者が指示を出すと、見事にそろった角度で敬礼をしている。

自分の夫は、とんでもなく高貴な身分の方なのだと改めて思い知らされた。同時に、妻が自分でよいのかとも戸惑う。

「今は勤務中ではない。妻が驚いているから、解きなさい」

自然な動作で腰を抱かれ妻と紹介された彩葉は、緊張と恥ずかしさでうまく息が吸えなくなる。

こんなときにどんな挨拶をすれば正解なのかわからず、とっさに頭を下げた。

「引き続き、巡回を頼んだ」

「御意」

軍人たちは声をそろえて返事をしたあと、離れていく。

惣一の軍での様子を垣間見た彩葉は、やはり彼は素晴らしい人格者なのだと確信した。彼を見つめる軍人たちの目が、一様に輝いていたのだ。

政略結婚を言い渡されたとき、たまらなく不安になって、偶然会った軍人に惣一について尋ねたら、『私たち軍人は皆、東雲陸軍総帥にあこがれているのです』と返ってきたが、その通りなのだと感じた。

街中を歩いていると、商店の人や買い物客たちがこちらに視線を向けてひそひそ話をしているのに気づいた。

「殺人鬼だ。家に入りなさい」

とある男性が、妻と子と思われるふたりを家屋に促す声が聞こえてしまった。

「彩葉、少し離れて歩きなさい」

「どうしてですか?」

「私と一緒では、お前まで偏見の目で見られてしまう」

惣一にもあの声が届いていたようだ。

胸が痛んだが、彩葉は笑顔で答える。

「皆、私の赤い目を見て恐れているのです。惣一さまは、私と歩くのはお嫌ですか?」

「……嫌なわけがなかろう。お前は私の自慢の妻だ」

足を止めた惣一が優しい表情で首を横に振り、不意に手を握ってくるので、心臓が跳ねた。しかも、再び歩き始めた彼が指を絡めて握り直したので、彩葉の頬は赤く染まっていく。

それにしても、自慢の妻だなんてもったいない言葉をもらってしまった。

「彩葉。かんざしはどうだ?」

惣一は小間物屋へと彩葉を引っ張った。

「お前の髪は美しい。どのかんざしもその美しさには負けてしまいそうだ」

　惣一は、まるで自分のものを選ぶかのように楽しそうに彩葉にかんざしを当ててみる。

「もうたくさんいただいておりますから」

　着物はもちろんのこと、かんざしもリボンも、使いきれないほど用意されていた。

「いや、まだ足りない」

「旦那さま。かんざしをたくさんお持ちでしたら、櫛もございますよ」

　店主の男は彩葉の赤い目を気にしつつも、数々の櫛を見せてくれた。

「いや、立派なつげの櫛を持っているからいらない」

「えっ……」

　彩葉が小さな声を漏らしたのは、婚礼のときに櫛は用意されていなかったからだ。今でも母の形見のつげの櫛で、すみが整えてくれる。

　それなのになぜ、櫛を持っていると知っているのだろう。

　惣一は、今日の着物に合わせたのか、はたまた好きだと話したからか、桜の花が描かれているべっ甲のかんざしを購入し、早速髪に挿してくれた。

　店を出ると、彼は彩葉を見て目を細める。

「よく似合っている」

「ありがとうございます。一生大切にします」

彩葉がお礼を口にすると「おおげさだ」と笑っている。

「……あの、お聞きしたいことが……」

「改まってどうした？」

惣一は首を傾げた。

「雪の日、久我商店の近くで私の櫛を取り返してくださったのは、惣一さまだったのでしょうか」

「あ……」

尋ねると、彼は左目を見開き、小さな声をあげる。

だから、つげの櫛を持っていると知っていたのではないだろうか。

「やはりそうなのですね。本当にありがとうございました。あれは母からもらった大切なものなんです。それに、暴力からも――」

「もう思い出さなくていい」

兄から救ってもらったお礼を口にしようとすると、遮られた。

「二度とあのようなことが起こらぬよう、私が守る。だから、つらかったことは過去に置いてきなさい」

「はい」

惣一の温かい言葉に、胸がいっぱいになった。

政略結婚なのに本当に愛されているような錯覚を感じてしまい、やはり彼とともに生きていきたいと強く願う。

「……もしかして、あのときの私を不憫に思われて、娶ってくださったのですか？」

同じ赤い目を持つ彼には、彩葉の生きづらさがわかったことだろう。そのうえ、まるでごみのように兄に扱われ……。

婚姻の目的が跡取りをつくるためだったとしても、その相手に彩葉を選んだのはあの光景を見たからなのかもしれない。

惣一は、きっと慈悲深い人だから。

「私は――」

「彩葉じゃないか」

惣一がなにか言いかけたが、聞き覚えのある声が耳に届いて背筋が凍る。

馴れ馴れしく近づいてきたのは、兄だった。

「これはこれは、東雲の旦那さま。兄の平治でございます。彩葉がお世話になっております」

兄は丁寧に腰を折ったものの、口元がだらしなく緩んでいる。

なにかよからぬことを考えている気がして、顔が引きつった。

あの雪の日、兄は眼帯姿の惣一に刀を向けられている。婚姻の話が持ち上がったとき、すでに彩葉の相手があのときの軍人だと知っていたのだろう。だから、『あの乱暴者』と口走ったのだ。

「兄上でしたか。お初にお目にかかります」

一方惣一は、あのとき彩葉を蹴り飛ばしていたのが兄だとは気づいていない様子だ。

平治は、家屋から出てきた父くらいの年代の男ににこやかに話し始めた。

「嫁に行った妹でしてね。そのお相手が陸軍総帥であられる」

「なんとまあ……」

「これで私を信用してくださいましたか」

どうやら商談をしていたようだが、散々惣一のことをばかにしておいて利用するとは失礼すぎる。

たとえ手を上げられても、惣一の名誉は守りたい。

抗議するために一歩足を踏み出すと、惣一に腕を引かれてしまった。

惣一はかすかに笑みを浮かべて、しかし鋭い視線を平治に向けて口を開いた。

「我が妻を足蹴にして虐げていた兄上とは思えぬ、口のうまさですね」

「なっ……」

平治は小さな声をあげ、目を泳がせた。

先ほど『お初にお目にかかります』と挨拶していたけれど、どうやら雪の日に彩葉に手を上げていたのが平治だと気づいていたようだ。

　初対面を装った惣一の言葉に兄は油断して、本性を現したに違いない。

「妻を傷つけた者を許せるほど私は心が広くありませんゆえ、その取引の支払いが滞っても援助はいたしませんよ。金の無心に来られたお父上にもお断り申し上げたはずだ」

「金の無心？」

　商談相手は、険しい表情で平治を見ている。

「ご存じなかったか。久我家は羽振りよく見せてはいるが、火の車のようだよ。それでは、先を急ぎますので」

　惣一は真っ青な顔で黙り込んだ平治を一瞥して、彩葉の手を引きその場を離れた。

　――また惣一に迷惑をかけてしまった。

　頭が真っ白になった彩葉は、うつむいたまま惣一についていく。すると突然立ち止まった惣一が強く抱きしめてきた。

「彩葉のせいではないぞ」

「ですが……私がそばにいるのが悪いのです」

　惣一と添い遂げられたら……。彼のためなら、なんだってできる。

　そんな気持ちが日に日に募っていくのに、離れることが最善だなんてあまりに皮肉だ。

「私はそうは思わない」

惣一は彩葉の背に回した手の力を緩めて、大きな手で頬を包み込む。

「もし彩葉が私と一緒にいるのが嫌で離縁したいというのなら、喜んで応じよう」

「そんなわけ……」

彩葉が小さく首を横に振ると、彼は安心したように微笑む。

「そうか。そうであれば、離すつもりはない」

惣一はひと粒だけこぼれた彩葉の涙をそっと拭い、もう一度抱きしめた。

「惣一、さま……」

甘えてばかりでいいのだろうか。

そんな気持ちが湧き起こるけれど、彼の腕の中が心地よすぎて離れられそうになかった。

◇　◇　◇

任務のあと、血の疼きが収まらない惣一は、また彩葉に冷たく接してしまった。一刻も早く離れなければ、彼女を欲してしまうからだ。

それなのに、思いがけず彩葉から街に誘われて心躍った。
沸き立つ血に逆らえず、首筋に歯を立てそうになったあの日。相当な恐怖を抱いた
だろうに、優しいと信じてくれる彼女を衝動的に抱きしめてしまった。
——離したくない。ずっとこうしていたい。
彼女に触れたらこうなることはわかっていたが、止められなかった。
沸き立つ血が、ではなく、惣一の心が彼女を求めているのだ。
昼間の今だけでも……正気を保てている間だけでもそばにいたいという気持ちを抑
えきれず、惣一は彩葉と街に向かった。
楽しいはずの街で、実に気分の悪い出来事に遭遇した。
兄の平治に利用されたのだ。
久我の父を追い返し、さすがにもうかかわってくることはないと思っていたのだが、
高利貸しに追われている者はなりふり構っていられないらしい。
「やはり、斬っておくべきだった」
帰宅したあと今川にそう漏らすと、目を丸くしている。
あれほど彩葉を痛めつけておいて利用しようとするなど、怒りが収まらないのだ。
陸軍総帥という立場でなければ、あの場で殴っていたかもしれない。
「落ち着いてください」

「……今川、久我家をつぶせ」

どれだけ金をせびられようが構わないが、そのたびに彩葉が胸を痛ませる姿なんて見たくない。

「よろしいのですか?」

「ああ」

実は彩葉が知っている結納金以外にも、久我商店を担保に金を貸している。それすら返さず、また借金を重ねるとはあきれたものだ。

結婚の際、彩葉が手に入るならと支払ったのだが、結納金以外は東雲家からの借金。おとなしくしていれば放置しておいたのに、そうもいかなくなった。

彩葉を傷つけ、利用した代償はしっかり払ってもらうつもりだ。久我商店を取り上げ、久我家をつぶす。

「かしこまりました」

惣一は今川の背中を見送った。

それにしても……今日の彩葉との時間は、楽しかった。

彩葉のことを考えるなら離れるべきだと、頭ではわかっているのだ。

しかし、少し照れくさそうにはにかむ姿や、手を握るだけで耳まで赤く染める初心(うぶ)な姿を見て、このままずっとそばに置きたいという気持ちが募り、離れたくないと心が叫んでいる。

それに……惣一を信じようとする強い意思がありがたい。

軍の者たちからは、それなりに慕われていると感じている。おそらく、後方で指示を出すだけではなく、先頭に立って刀を振っているからだろう。

とはいえ、朝日が東の空を照らし始める頃、返り血で汚れた軍服姿で戻ってくる惣一を目撃した者からは恐れられており、殺人鬼と揶揄されるのも致し方ない。

それなのに、惣一を罵る声が聞こえてきても、彩葉は自分の赤い目のせいにしてそばを離れようとしなかった。

幼い頃と同じだ。彼女はいつでも味方でいてくれるのだ。

惣一は、彩葉を抱きしめた自分の手を見つめ、彼女を守ると改めて心に誓った。


その翌日。惣一が任務のために軍服に着替えていると、久我商店が東雲家のものになったと今川から報告があった。

「ご苦労だった。久我の当主はなにか言っていたか？」

「……申し上げにくいのですが、惣一さまへの恨み節を」

想定内だ。しかし、それだけではないだろう。

「まだあるな」

「……はい。彩葉さまのことを役立たずと」

「どこまでもクズだな。私が屋敷にいない間、彩葉を頼むぞ」

どうしても魔獣討伐には赴かなければならない。一頭も遭遇しない日もあるけれど、気を抜いたら帝都が襲われる。

「承知いたしました」

「彩葉！　いるんでしょう？」

突然女性の甲高い声が聞こえてきて、惣一は部屋を飛び出した。

廊下の窓から外に視線を送ると、彩葉が別邸から出ていくところが見え、奥井が慌てた様子でこちらに向かってくる。

惣一が玄関から出ていくと、華やかな着物姿の女性がふたり、彩葉と押し問答をしていた。

「惣一さま、久我家の……」

奥井にそう耳打ちされ、久我の母と姉の春子だとわかった。

「彩葉、あなたなにを話したのよ。あなたのせいで――」

「私の妻がなにかしましたか？」

惣一が近づいていくと、青筋を立てて彩葉に詰め寄る母は、彩葉の胸元に伸ばした手を引いた。そして惣一をまじまじと見つめている。

「初めまして。東雲惣一と申します。お母上と姉上ですね」

惣一は彩葉とふたりの間に割って入り、あえて笑顔で丁寧に腰を折った。

「……殺人鬼、じゃないの？」

春子がぼそりとつぶやく。

返り血を浴びても拭いもせず無表情で、片目がえぐれている醜い男。そういう惣一の噂を信じていたのだろう。

父や兄には会っているので知っていると思ったが、彼らは借金の返済でそれどころではなかったのかもしれない。

「本日は、何用で？」

久我商店がいよいよ差し押さえとなり、焦って彩葉のところにやってきたのはわかっている。土下座してなんとかしてくれと乞うならまだしも、彩葉のせいにしてなじるとはあきれたものだ。

「し、東雲さまがお戻りになられたと小耳に挟みまして。ご挨拶と、彩葉の様子を見に参りました次第です」

母が取り繕うが、実に胡散臭い。

「そうでしたか」

惣一は彩葉の隣に立ち、彼女の腰を抱いた。

「聡明でお優しい娘さんとの婚姻を許していただけて、私は幸せ者です。この通り、楽しく暮らしております。なあ、彩葉」

惣一が彩葉を見て語りかけると、彼女はかすかにはにかみ、「はい、幸せです」と答える。

すると春子は眉をひそめた。彩葉が幸せそうにしているのが気に食わないのだろう。

母は黙り込み、なにかを考えているようだったが、ちらりと彩葉を見てから話し始めた。

「……彩葉はこのように目が赤く、世間さまからも呪われた忌々しい娘だと言われております。そんな娘が伴侶では、東雲さまもお恥ずかしいのでは？　その点、春子でしたら器量もよく――」

母が饒舌に語るが、あまりに不快で笑顔を保てない。

冷酷な夫のもとで苦労していると思っていた彩葉が幸せそうだから、それならば春子と入れ替えようと考えたようだ。

あさましく、品位の欠片もないその発言に、あきれるとともに怒りを抱いた。

惣一は眼帯に手をかけて、それを取り去る。そしてゆっくり目を開くと、母と春子は言葉を失った。

「この赤い目が、忌々しいと？」

「い、いえ。そうではありません」

母は必死に否定しているけれど、顔が真っ青だ。

「悪いが、私は心根の腐った女になんて興味がない。我が妻は、彩葉だけだ。久我家の人間が、妻にひどい仕打ちをしてきたことはわかっている。彩葉に許しを乞え」

惣一が赤い右目を隠すことなくぎろりとにらむと、母と春子は震え上がる。

「で、ですが……」

「できぬと？」

惣一がすごむと、ふたりは膝から頽れ、頭を下げた。

「も、申し訳ありません」

「ごめんなさい」

母に続いて春子の声も聞こえたが、この程度で到底許せるものではない。

「二度と彩葉にかかわるな」

「は、はい」

ふたりは、まともに顔を上げることすらなく、そのまま走り去った。

「彩葉……」

最低な蔑みを浴び、傷ついただろう彩葉が心配で見つめると、彼女は手を伸ばしてきて惣一の頬に触れる。

「惣一さま。ごめんなさい。隠しておきたかったですよね」

そう言われたとき、彼女は自身でなく惣一のことで胸を痛めているのだと知った。

どこまでも優しい彩葉の手を握り、頬に押しつける。

——愛おしい。彩葉のすべてが、愛おしい。

「そんなことを気にする必要はない。幼い頃から剣術ばかりに夢中だった私は、ただでさえ恐れられる。だから、隠しておいたほうがいいだろうと眼帯をつけるようになっただけ」

母は隠したかったようだが、惣一はこの目は彩葉を守れた証だと思っていたため、どうでもよかった。しかし、魔獣討伐の指揮を執る父の立場を考え、眼帯をするようになったのだ。

結果、眼球がえぐられているという噂が広がったのは皮肉だ。

「片目に慣れてしまい、任務の際は眼帯をつけていたほうが集中力が増す。だが、この目を恥ずかしいと思ったことは一度もない」

「惣一さま……」

彩葉は目のせいでしなくていい苦労をしてきた。だから、紅炎と契約して番になれてよかったと軽々しくは言えない。しかし、惣一にとっては、彩葉とつながっている証でもあるのだ。

「お取込み中、失礼いたします」

今川の声がして、彩葉は手を引いてしまった。

「なんだ」

「あの……そろそろお迎えが……」

今川が申し訳なさそうに刀を差し出してきた。

「ああ、そうだったな」

まだ彩葉と一緒にいたいが、そろそろ日が落ちる。惣一は眼帯をつけ直し、刀を受け取った。

「彩葉。行ってくる」

「はい。行ってらっしゃいませ。お気をつけて」

惣一はうしろ髪を引かれつつ、任務に向かった。

命がけの口づけ

一緒に街に赴いてから惣一との距離が縮まり、彩葉の心は弾んでいる。

押しかけてきた義母や春子に謝罪させ、追い返してくれた彼には頭が上がらない。しかも、隠しておきたかったはずの赤い目までさらして守ってくれたことに、彩葉の想いはますます募る。

『楽しく暮らしております。なあ、彩葉』と問いかけられて、『幸せです』と即答したが、あれは本音だ。惣一と一緒にいられる時間は限られてはいるけれど、彼に嫁げてよかったと心から思っている。

しかし、相変わらず討伐から戻ったあとは絶対に会わせてもらえない。それどころか、本邸にも入れない。

惣一は、陸軍でもっとも力ある軍人ではあるけれど、任務があまりに過酷なのだろう。帰宅時はいつも足取りが重く、苦しげに喉を押さえているときもある。

それを見てもなにもできないけれど、妻としてなんとか役に立ちたいと、せっせと食事を作る毎日だ。

そのような状況では当然閨もともにできず、跡取りなどできるはずもなかった。

街で『離すつもりはない』と口にした彼に、嫌われているようにも思えない。それなのに近づきたいと欲を出すと、線を引かれてしまう。

惣一のための食事をこしらえたあと一旦自室に戻った彩葉は、書斎から持ち出した本を手に取った。

すらすら読めるわけではないので時間がかかるが、これがとても楽しい。自分の知らなかった天崇国の歴史について——特に惣一が毎日のように対峙している魔獣については興味津々だった。

「白い毛を持ち虎の容姿に似ているが、人間の大人よりずっと体が大きい。鋭い刃と爪が特徴的で、瞳は赤い」

どの本にも出てくる魔獣の特徴なのだが、いつもこの部分を読むとなぜか頭が締めつけられるように痛む。

彩葉はこめかみを押さえながら読み進めた。

「狼？」

これまでの本になかった記述に、目を奪われる。

「その昔、魔獣は狼と対立しており……。狼が天敵なのね」

しかし狼は、ほとんど魔獣に滅ぼされてしまったようだ。ほとんどということは、少しは生き残っているのだろうか。

狼を味方にできれば、魔獣を一掃できるのでは？と考えたが、そんな簡単なことではないのだろう。

そもそも狼も獣なのだ。人間の思うままに操るのは不可能だ。

「今日はここまで」

彩葉は本を閉じた。天崇国や魔獣について知ろうとすると、激しい頭痛が襲ってきて体が熱くなる。魔獣に噛まれたらしい左肩が特に熱を帯びていて、襲われたときのかすかな記憶が反応しているかのようだ。

「どうやって帰ってきたのかしら……」

記憶にはないが、魔獣に襲われたのはおそらく山の中だ。けれど、久我家の近くで倒れているところを助けられたそうだ。噛まれてけがをしたのに山から自力で歩いてきたのだろうか。魔獣はどうして自分にとどめを刺さなかったのだろう。

当時、久我家の人だけでなく、警察や軍の関係者からそのときの状況を話すようにと何度も迫られた。けれど、とうとうなにも思い出せず、次第に皆あきらめた。

魔獣からの逃げ方がわかれば、惣一はもう命を懸けて魔獣討伐に行かなくても済むのだろうか。だとしたら、なんとしてでも思い出したい。

そう考えれば考えるほど頭痛が激しくなり、彩葉は畳の上に横になった。

毎日のように続く魔獣退治は、確実に惣一の体を蝕（むしば）んでいく。

もある。

紅炎の力を借りずともそれなりに戦えるが、惣一には部隊の隊員を守るという義務

天崇国では、これまで魔獣の牙にかかり命を落とした者は数知れない。民衆の最後の砦として討伐にあたる軍人も、ときには餌食となってしまう。

しかし、東雲家が魔獣討伐の責務を負うようになってから、その数はぐんと減ったようだ。特に惣一の代になり、犠牲者はかなり少なくなった。

それも紅炎のおかげだろう。

父も刀の名手であったが、魔獣より体が小さく力も弱い人間には、できることに限りがあるのだ。

日に日に血の沸き立つ時間が長くなっているものの、そんな惣一の癒やしは彩葉が作ってくれる食事だった。

討伐から戻ったばかりの朝は、息をするので精いっぱいのため断っているが、睡眠をとったあとの昼と夜の食事を用意してもらうようになった。これで、疲れきった体も心もかなり回復する。

休日になら彩葉とともに食事ができる。十分に休息をとったあとであれば、番である彼女の血を欲するような事態にはならないからだ。

「せめて毎日の昼と夜の食事くらい、彩葉さまとご一緒してはいかがですか?」

お茶を出してくれる今川が渋い顔で言う。

惣一もそうしたいのはやまやまだ。

夕刻、出征する折に彩葉から『お気をつけて。行ってらっしゃいませ』という言葉をかけられるだけで、活力が湧いてくるくらいだから。

「しかし……」

惣一は湯呑に手を伸ばしながら、言葉を呑み込んだ。

「惣一さまの懸念は、承知しております。彩葉さまにこれ以上情が移っては、手離せなくなるとお考えなのですよね」

その通りだ。

今ですら、少し姿を見るだけで駆け寄っていって触れたくなる。あのほんのり赤く染まる柔らかな頬や、風になびくさらさらの艶のある髪。そして、『惣一さま』と優しい声で自分の名を紡ぐ可憐な唇に、触れたくてたまらない。

けれど本当は、彼女の生活の保障だけして離れるべきなのだ。

久我家には置いておけないと妻にしたものの、この先、自分の体がどうなるかわからない。紅炎の力を使ったあと、今は一刻もあれば正気に戻るが、いつか血の沸騰が収まらなくなるようなことがあれば、彩葉を襲いかねないのだから。

魔獣に襲われて恐ろしい思いをし、しかも紅炎に強制的に番にされ、赤い目のせいで苦しんできた彼女を、これ以上傷つけたくなかった。もう、彩葉には幸せだけを感じながら生きていってほしい。

惣一が黙っていると、今川は続けた。

「もう離せないのではありませんか？」

今川の核心をついた発言に動揺し、目が泳いだ。

彼は惣一が生まれる前から東雲家に仕える、有能な侍従だ。父や母が亡くなり、惣一がひとりになってしまったときも支えてくれた。

狼の紅炎を体に宿すことも、母の死後、今川だけには打ち明けてある。惣一は今後自身の体がどうなるかわからず、万が一他人を傷つけるようなことがあれば斬るように、今川に申しつけてあるのだ。

無論断られたが、難しい顔をして聞いていた彼は、いざとなればやってくれると信じている。

ときには父より厳しく、ときには母のように温かく包み込んでくれた今川には頭が上がらない。

そんな今川だからこそ、惣一の心中なんてお見通しなのだ。

「このままでは、惣一さまが命を落とされます。ご両親がそれを望まれるとでもお思いですか？　私は許しません」

いつも冷静な今川が声を詰まらせるので驚いた。

「惣一さまが毎日苦しんでおられるのを、なにもできずに見ていなければならない私の気持ち、わかりますか？」

「今川……」

「惣一さまが彩葉さまを大切に思われているのは、よくわかっております。傷つけたくないと距離を置かれているのも。ですが、この老いぼれの気持ちを少しでも汲んでくださるなら、彩葉さまに血を分けてもらってください。私はご両親から惣一さまを託されたのです。このまま死なせるわけには――」

「わかった。食事はともにする。ただ、まだ彩葉の血に頼りたくはない」

今川の気持ちもわかる惣一は、毎日の食事に同席することは受け入れた。

しかし、彩葉に歯を立てることはまだ踏ん切りがつかない。そうしたあと彩葉にどんな変化が起こるのかわからず、怖いのだ。

紅炎に尋ねても答えは返ってこない。知らないのか言いたくないのか、あいつは都合の悪いことは黙り込むから質(たち)が悪い。

「今川は、私が血を口にしたら彩葉がどうなるのか知っているか？」

彼は大量の書物を読破していて、天崇国の歴史に造詣が深い。当然魔獣についても熟知しており、それならば狼のことも知っているではないかと尋ねる。

「……い、いえ。私はなにも存じません」

彼はそう答えたが、不自然に視線をそらす。

おそらくなにか知っている。惣一には明かしたくない、なにかを。

そう感じたが、今問い詰めても口を割らないと察して追及するのはやめた。

彩葉を本邸に招くと、早速料理を持ってきてくれた。食事をともにすることがよほどうれしいのか笑みが弾けていて、それほど寂しい思いをさせていたのかと反省もした。

「惣一さま。お食事にお招きいただき、ありがとうございます」

きっと夫婦なら食事も閨もともにするのが当然だ。それなのに、こんなことを言わせてしまい胸が痛んだけれど、彼女を壊したくないという気持ちのほうが大きくて、どうにもならない。

食堂の机を挟んで向かいに座った彩葉が纏うのは、さわやかな白緑色の着物だ。顔周りの髪を結った彼女は、惣一が買ってやったべっ甲のかんざしを挿していた。

今川の話では、あれから毎日のように身につけているのだとか。そんなに喜んでくれるなら、店ごと買い占めたい気分だ。

「私こそ。彩葉の手料理を食せるのは私の楽しみなのだ。疲れている姿を見せるのが忍びなく……なかなかともにできなくてすまない」

血の疼きについては明かせず、そんなふうに言い訳をすると、彩葉は首を横に振る。

「無理をされる必要はありません。ただ……私は妻なのです。惣一さまのどんなお姿を拝見してもがっかりしたりは決してしません。ですから、どうぞ気を使わないでください」

長い討伐から帰宅したあの日。血を滴らせるおぞましい姿を見たにもかかわらず、心配して追いかけてきたくらいなのだ。彩葉はなにがあろうとも自分を拒まないことはわかっている。完全に惣一の問題なのだ。しかし説明できないため、うなずいた。

彩葉とともにやってきた奥井までも上機嫌で、給仕を済ませて食堂を出ていく。

「西洋の料理のことがよくわからず……。すみさんに教えていただいている最中でして、和食が多くてすみません」

「私は和食も好きだぞ」

本邸が西洋風の造りで、この食堂も机と椅子を使う西洋風だから余計に気にしているようだけれど、慣れ親しんできた和食は落ち着く。

「よかったです」

「それでは、いただこう」

惣一は、たけのこの煮付けに箸を伸ばした。

たけのこは下処理が面倒だと聞いた覚えがあるが、えぐみもなくどんどん食べ進められる。

「優しい味だ。とてもおいしい」

心配そうに惣一を見つめる彩葉にそう伝えると、彼女はほっとしたように口の端を上げ、自分も食べ始めた。

「随分食べられるようになったのだな」

「はい。お気遣いありがとうございます」

聞けば、東雲家に来たばかりの頃は、半膳も食べられなかったのだとか。久我家ではまともに食べさせてもらえていなかったようで、なぜ早く気づいて迎えに行かなかったのかと後悔した。

少しずつ量を増やしていき、ようやく一人前を平らげられるようになったようで安心している。

頬に赤みがさすようになった彩葉の体に歯を立てるなんて、やはり考えたくもない。

「惣一さま」

「どうした？」

「惣一さまは、どんなお花がお好きですか？　花壇にもっとお花を植えたくて……。天崇国のために戦ってくださる惣一さまのお心を少しでも癒やせたらと」

きっと自分との間に距離を感じているのだろう。彩葉は、どこかおどおどしながら尋ねてくる。

「私は、彩葉が私のために育ててくれた花が好きだ」

「えっ？」

小首を傾げ、淡い桜色の唇から小さな声を漏らす彩葉を、思いきり抱きしめたい。愛していると叫びたい。

そうできる日が、いつかやってくるのだろうか。

「心遣いがうれしいのだ。彩葉が私のために育ててくれる花も、この食事も、私の心を和ませてくれる」

「本当ですか？」

彼女の目が輝く。

やはり、だめだ。距離が近づけば近づくほど、離したくないという気持ちが膨らんでいく。いや、もう離せない。

どうしたら、彩葉と平穏な毎日を送れるのだろう。番になったことが悔やまれる。

そう考えたものの、あのとき紅炎に助けてもらわなければ、ふたりとも命を落としていた。たとえ時間を巻き戻せても同じ選択をしただろう。

「本当だ。……私は特殊な職務に就いている。だから、ありきたりな夫婦の幸せというものを与えてやれないかも――」

「幸せです」

　彩葉が惣一の言葉を遮り、優しい笑みを浮かべて断言するので驚いた。

「幸せなんです。惣一さまが、けがなく元気でいてくださるだけで、私……」

　彩葉の大きな目がうっすらと潤む。

「彩葉……」

「だから、どうか元気でお戻りください。私はそれだけで……」

　声を震わせながら気持ちを吐露する健気な姿がたまらなくなり、惣一は隣に行って抱きしめた。

「……私は、必ず彩葉のところに帰ってくる。お前を離したくない」

　思わず本音を漏らすと、惣一のシャツを握る彩葉の手に力がこもる。

「離さないで、ください。ずっとおそばに……」

　泣いているのか、惣一の胸で小刻みに体を震わせる彩葉が愛おしい。

　惣一は腕の力を緩め、涙がこぼれる彼女のまぶたにそっと口づけを落とす。

　彩葉はひどく驚いていたものの、直後照れくさそうに微笑み、腕の中に飛び込んできた。

　彩葉に頼らずとも、惣一は、彼女を逃すまいと腕に力を込めた。

　彩葉に頼らずとも、沸き立つ血を抑えられる方法を探そう。惣一に必要なのは、彼女の血ではなく心なのだから。

それから惣一は、別邸の書斎から古い歴史書を何冊も持ってきて調べ始めた。今川がなにか知っているのであれば、この書斎にある書籍から知識を仕入れたに違いないからだ。

手がかりがあることを祈って、いく日も頁をめくり続けた。しかし、なにも目新しい文言はない。

惣一の仕事について知りたいのだろう。彩葉も魔獣討伐について本を読んでいるという。

彼女は久我家では学校に通わせてもらえず、姉の教科書を拾っては独学で文字を学んだらしい。かつて空き地で、幼い彼女に文字を教えてほしいとせがまれたのが腑に落ちた。

時間をかけてしか読めないと奥井に話しているようだが、それでも学ぼうという姿勢には脱帽だ。

「このあたりなら、彩葉にも読みやすそうだな……」

別の書籍を取りに書斎に向かった惣一は、本を読みふける彩葉を想像して子供の頃に親しんだ歴史書を手にした。

懐かしく思いながらそれを本棚に戻そうとすると、古ぼけた書物がその本のうしろに隠すように置かれていることに気づき、取り出してそれを手にする。

「狼……」

ぱらぱらと頁をめくってみると狼という文字があちこちに多出していて、探していたのはこれだと直感した。

魔獣の天敵が狼であることは、有名な事実だ。そしてその狼が、ほぼ絶滅していることも。

その程度のことはどの本にも書いてある。おそらく彩葉ですら知っているだろう。ただ、これほど狼という文字が頻出している書物を見たのは初めてで、また不自然に隠されていたことから、これを読んだ今川が見つからないように隠したのではないかと感じる。

惣一はほかの本をもとに戻すと、本邸の自室にこもり、早速読み始めた。

半分ほど読み終わったところで、一旦本を置こうとした。そろそろ討伐に出かける準備をしなくてはならないからだ。

しかし、〝番〟という言葉がちらりと見えて、慌てて視線を戻す。

「嘘だろ……」

全身の肌が粟立ち、嫌な汗が噴き出す。

そこには、目を疑うような文言が並んでいたのだ。

【ひとたび番となった者の血を口にすれば、狼の力を使うたびに意思とは関係なくその血を求めるようになる。抗うことはできなくなり、獣のごとく番を襲い続けるのだ。血を求められ続ける番はいずれ死に至り、番の血を飲み干した者は狼とともに長く生きながらえるだろう】

「彩葉が……死ぬのか？」

――血の沸騰に苦しむ私ではなく、彩葉のほうが？

だから紅炎も今川も、彩葉のことに関しては口を閉ざしているのだ。

長い任務を終えて帰宅したあの日。彩葉の首筋に歯を立てず、本当によかった。そうでなければ今頃、彼女の血を求め続け、この世で唯一愛する人を自分の手で死へと導くところだった。

紅炎がそれを隠し、彩葉を使えとそそのかしていたのは、自身の今後にかかわることなので理解できなくもない。

しかし今川は……。

惣一が彩葉を求めれば、いつか命を落とすと知りながらそばに置くよう求めていたのだ。

「惣一さま、そろそろお時間でございます」

部屋の外から、いつもと変わらない今川の声が聞こえてきて、激しい怒りが込み上げてくる。

――いや、冷静になれ。

惣一は自分を戒(いまし)めた。

今川は東雲家の忠実な侍従だ、彼は両親に託された惣一の命を守りたかっただけ。彼にとって彩葉は、主の妻ではあれど赤の他人なのだから、惣一を優先するのは当然だ。

自分の心を必死になだめようとしたが、怒りは簡単に消えるものではなかった。

それでも、仕事を放棄するわけにはいかず、軍服に着替えて出ていく。

今川はいつものように玄関までついてきて見送ってくれたが、声をかけられなかった。

門のところには彩葉が待っている。自分に向けられる優しい笑顔を見るだけで心が落ち着く。

彼女を犠牲にして自分が生き残るなんて、ありえない。

「どうかお気をつけ……あっ」

惣一は見送りの言葉を口にする彩葉を、強く抱きしめてしまった。

「私に力をくれ」

なにがあっても、彩葉を傷つけないという強靭な意志を。

「どうされたのですか？」

「約束してくれないか」

「はい、なんなりと」

彩葉は、柔らかな声で惣一の言葉を受け入れる。

「私が討伐から戻ったあとは、決して近づいてはならん。出迎えはもちろん、私が許可を出すまで本邸にも入るな。たとえ今川がよいと言ってもだ」

今川の胸の内を知ってしまったからには、彼を使うのは怖い。

「……それはどうしてなのか、うかがってはいけないのですよね」

彩葉の質問にはっとした。

血が煮えたぎっているときは彼女を気遣う余裕などなく、いつも冷たい言葉で拒絶している。その説明を一度もしておらず、混乱しているに違いない。

しかし、彩葉の血があれば苦しみから逃れられると告白すれば、迷うことなく血を差し出すだろう。だからこそ、番の秘密を知られてはならない。

「すまない。いつか話せるときが来たら――」

「かしこまりました」

彩葉は明るい声色で、惣一の言葉を遮った。

惣一が手の力を緩めると、彼女は穏やかな笑みを向けてくれる。

「私はいつでもお待ちしております。惣一さまの意のままに」

きっと知りたいことだらけだろうに無条件で自分を信じてくれる彩葉に、ますます心が奪われていく。

それと同時に、死に至らしめるかもしれないのに、番が彼女でよかったと思う身勝手な自分に嫌気がさした。

「ああ、ありがとう」

「私との約束も守ってくださいね」

約束とは、元気で戻るという約束のことに違いない。

「もちろんだ。それでは、行ってくる」

「行ってらっしゃいませ」

丁寧に腰を折る彩葉に見送られ、惣一は門の外で待ち構えていた部下と合流した。

紅炎の力はできるだけ借りないと決意して泉下岳へと足を踏み入れた惣一だったが、部隊が魔獣に囲まれたとわかり、そうもいかなくなった。

「どれだけいるんだ」

一年もかけて大きな群れを排除したのに、あちこちから湧いてくる。

　惣一が陸軍総帥になってから一度も帝都に近づかせていないため、人間の血や肉を強く欲しているのだろう。

「決して背中を見せるな。十頭は俺が殺る。中将に従い、あとの十頭をつぶせ」

　二十頭近くの気配はある。それに対して今日、奥地まで率いた部隊は三十名ほど。あの大きな群れを排除してから数頭ずつしか姿を現さなかったため、部隊の規模を縮小していたのが裏目に出た。

　しかし惣一が半分引き受ければ、なんとかなるだろう。

（相変わらず無茶が好きだな）

　紅炎が呑気な声で煽ってくる。

「今日はおとなしくしてろ」

（十頭相手に、お前ひとりで勝てるわけないだろ）

　紅炎の言う通りだ。いくら惣一が鍛錬を積んでいるからといっても、一度に相手できるのはせいぜい三、四頭が限界だ。ほかの者たちは、三人がかりで一頭倒すのもやっとなのだから。

「それでもやる」

（どうしたんだ。いつものように俺の力を使えばいいだろ）

　押し問答しているうちに魔獣が襲ってきて、惣一は刀を抜いた。

攻撃をかわしながら、的確に弱点の眉間に刀を突き刺してまずは二頭。しかし休む間もなく別の魔獣が背後から襲ってきて、体勢が崩れた。

「くそっ」

（お前が拒もうとも、俺はお前の体を失うわけにはいかないんだ）

紅炎は勝手に力を発揮し始めた。

惣一が死ねば、別の体を求めてさまよう羽目になる。惣一ほどの刀の使い手はそういるものではなく、手放したくないのだろう。

惣一は拒もうとしたが、中将が魔獣の鋭い爪でけがを負ったのが目に入り、なりふり構っていられなくなった。犠牲者を出すわけにはいかない。

紅炎の力が宿った惣一の体は、ほぼ無敵。強大な力に加えて、魔獣にも勝る俊敏さのおかげで、あっという間に十頭を斬った。

すぐさま中将を守りながら戦う仲間のところに向かい、すべての魔獣を片づけた。

「東雲総帥、申し訳ありません」

右腕から血を滴らせる中将が顔をしかめながら謝ってくるが、誰にでも起こりうることだ。

「謝らなくていい。中将の応急処置を。すぐに帝都の医者のところに連れていけ」

傷は深いが、致命的なものではなさそうだ。しばらく療養すればよくなるだろう。

「あとは任せたぞ」

応急処置を始めた部隊の者にあとを託した惣一は、ひとり離れて岩陰に向かった。長期にわたる遠征でなければ、屋敷に戻るまではなんとか耐えられるのだが、紅炎の力を使いすぎたのか、これまでの無理がたたっているのか、早速血が煮え始めたからだ。

「くそっ」

岩に手を置いた惣一は、立っていられなくなり膝をつく。

紅炎の力を使わないどころか、いつも以上に頼ってしまった。

喉がひどく乾いて、水を欲する。いや、水ではなく彩葉の血を欲しているのだ。

（さっさと屋敷に戻って、あの娘に助けてもらえ）

「わ、私が血を飲めば、彩葉が死ぬと、知って……いるん……」

必死に空気を貪りながら追及すると、紅炎はふんと鼻で笑った。

（気づいたのか。まあ、その通りだ）

彩葉の命に関することなのに、あまりにあっさりと返す紅炎に腹が立つ。

「もう……お前の力は借りぬ」

（よく考えろ。惣一が魔獣を抑えなければ、帝都が襲われる。今日だってお前がいなければ、部隊は全滅していたはずだ）

惣一はなにも言い返せなかった。その通りだからだ。

(それに、娘の血を拒み続けて死ねば、それはそれで帝都は終わりだ。いまやお前なくして魔獣の盾とはなれない。つまり、お前がなんとしてでも生き残らなければ、あの娘も死ぬということだ)

惣一は固く拳を握った。

惣一のあとを継いで魔獣討伐の先頭に立てる者がいない以上、紅炎の語った通りになる。帝都の街は魔獣に襲われて、惨憺たる結末を迎えるだろう。

当然彩葉も無関係とはいかない。優しい彼女のことだから、惣一の母のように誰かをかばって命を落とす可能性だってある。

惣一は、息苦しさのあまり喉に手をやりながら必死に考えた。

なんであれ、彩葉の血を頼ることはできない。なにかいい方法はないだろうか。

「……この命尽き……るまでに、魔獣、を一掃……す……ゴホッ」

どうやら、これまでにないほどの損傷を負っているようだ。煮えたぎる血のせいで臓器がやられてしまったのか、口の中に鉄の味が広がった。

(無茶言うな。群れを倒しても、こうしてまた別の群れが出てくるじゃないか)

困難なことはわかっているが、それしか彩葉を救う方法がない。

(少し血を分けてもらったとしても、あの娘はすぐには死なん。帰って娘を頼れ)

ひとたび彩葉の血をすすれば、二度と抗えなくなるのを知っていて隠しているのか、はたまたそこまでは知らないのか……。

とにかく、紅炎の口車に乗るつもりはない。

「断る」

紅炎との会話をそこで切った惣一は、岩にもたれて天を仰ぎ、彩葉の顔を思い浮かべて苦しさに耐えた。

◇

惣一と食事をともにできるようになってから、半月が過ぎた。

彼は魔獣討伐の任務が過酷なようで、毎日のようにふらふらとした足取りで戻ってくる。

それを別邸の窓から見つめる彩葉は、駆けつけたい衝動に駆られるもぐっとこらえた。惣一に決して近づくなと命じられたからだ。

それがどうしてなのか知りたいけれど、きっとなにか深い事情があって明かせないのだろう。いつか話してくれるのを待つことにした。

「あっ、戻っていらっしゃった」

朧月が顔を隠し、どこからかうぐいすの鳴き声が聞こえてきた頃、東の空から伸びた太陽の光を背に惣一が帰ってきた。

魔獣討伐のために赴いた山は天候が悪かったのか全身ずぶ濡れで、相変わらず返り血を浴びている。

門から玄関へ向かう途中で、惣一がガクッと膝から倒れ込んだときは腰が浮いた。

今すぐ駆けつけて、彼に寄り添いたい。

そんな気持ちが強くなるも、こらえて様子を見守る。

やがて立ち上がった惣一は、本邸から飛び出してきた今川に支えられて、屋敷の中へと姿を消した。

「よかった……」

これから眠りにつくはずだ。昼餉のときに顔を見られるだろう。

あれほど体調が悪そうなのに、いつも昼過ぎには元気な姿を見せてくれるのだ。

しかし最近は、惣一に覇気がない。心配させまいとしているのか優しく微笑んではくれるが、目の下はくぼみ、心なしか痩せたような気がしている。

彩葉はすみと一緒に、イワシのつみれをこしらえ、たっぷりの野菜とともに汁物を作った。ほかには大根の漬物と豆腐を添える。

帝都の街に正午を知らせる鐘の音が響く。それを待っていた彩葉は、すみに手伝ってもらい料理を本邸に運んだ。

食堂に姿を現した惣一の足取りは普段通りで安心したが、今日も目の下にくまができているのを見つけて心配でたまらない。

「うまそうだ。いただきます」

対面の席に着き、きちんと手を合わせて食べ始めた惣一を見つめながら、彩葉は口を開いた。

「惣一さま。お体の調子が悪いのでは？　軍のお仕事を少し休めないのでしょうか」

余計なことかもしれないと思いつつ尋ねる。

最近は、体力が回復する前にまた任務に出ていくという感じだからだ。

一年にも及ぶ討伐のおかげで大きな群れは排除できたと聞いていたのに、きりがない。軍に惣一の力が必要なのはわかっているけれど、妻としては倒れてしまわないか心配だった。

「大丈夫だよ。それよりこのつみれ、うまいね」

惣一は明らかに話をそらした。口出しされたくないのだろう。

「ありがとうございます。お口に合ってよかったです」

彩葉は笑顔で答えたが、日に日に惣一の目に力がなくなっていくようで、胸が痛んだ。

菜の花を濡らしていた菜種梅雨が明け、花壇の手入れをしていると、思いがけず惣一に誘われた。

惣一のほうから声をかけてくれたのがうれしくて、顔がほころぶのを止められない。

任務があるので街まで足を延ばすのは難しいからと、東雲邸の近くの川べりにある大きな桜を見に出かけた。きっと、桜の花が好きだと打ち明けたときに『一緒に見に行こう』と話したのを覚えていてくれたのだ。

「惣一さま、見てください。空が桜色に染まっています」

彩葉は興奮気味に手を空に向けて言った。

満開になっていた桜は、まだ少し冷たい風に吹かれて花吹雪となり、青い空一面に広がっていく。

これまで何度も満開の桜を目にしてきたはずなのに、これほど美しいと思ったのは初めてだ。きっと、惣一が苦痛に耐えるだけの生活から救い出してくれたからに違いない。

こうして花を愛で、空を見上げて心を弾ませる時間が訪れるとは、思ってもいなかった。

「美しいな。でも、彩葉はもっと美しい」

白いシャツに黒いスラックス姿の惣一は、この桜と同じ淡紅色の着物を纏う彩葉をうっとりしたような目で見つめる。そして不意に手を伸ばしてくるので、心臓が跳ねた。

彼は彩葉の髪に絡まった花びらを手にすると、にっこり微笑む。

ほかには誰もいないそこで、惣一は右目の眼帯をほどいた。

赤い目のせいで苦しんできたけれど、今となっては惣一と対になっているようで、少しうれしい。

「見にくくはございませんか？」

「しばらくすれば慣れる。それより、我が両目に彩葉の姿を刻んでおきたい」

惣一はそう言いながら彩葉と向き合った。

「……それはどういう意味でしょう」

まるでこれが最後だと言わんばかりの言葉に、胸がざわつく。

「深い意味はない。会えない時間も、彩葉を思い出せるようにと思ったのだ」

そうであればいいのだけれど、どこか憂いのある彼の表情が引っかかる。

「いつも寂しい思いをさせてすまない」

「いえ。私は幸せだとお伝えしましたよね」

念を押すように言うと、惣一は目を細めたあと不意に彩葉を抱きしめた。

「私も幸せだ。彩葉とずっとこうしていられたらいいのに」

惣一の言葉がうれしくて、彼のシャツを強く握る。

久我家が負った借金のために嫁ぐのだと言われたときは絶望したし、その相手が殺人鬼だと聞かされたときは恐怖におびえた。

幸せというものとは一生無縁なのだとあきらめていたのに、彩葉は今、満たされている。

跡継ぎをつくるための政略的な結婚だったはずが、惣一と体を重ねることすらまだないのが不思議ではあるけれど、きっと職務が忙しすぎてそれどころではないのだろう。

しかし、子を産む道具のように扱われるのではないかと思っていたのに、これほど大切にしてもらえて、幸せでないわけがない。

いつか惣一との間に子を……と彩葉が思うのは、彼に心奪われているからだ。

夫婦として接する時間はあまりに短い。けれど、惣一の優しさはもう十分すぎるほど知っていた。

「惣一さま。来年も一緒に、桜を見てくださいますか？」

彩葉は惣一の胸に頬を当てたまま尋ねた。

当然肯定の返事が聞けると思ったのに、沈黙が続く。

「惣一、さま？」

体を離して惣一を見つめると、一瞬悲しげな顔をした彼は、気を取り直したように口角を上げた。

「そうだな。楽しみにしている」

彼はそう言うけれど、胸騒ぎが止まらない。

「惣一さま、あのっ……」

「すまない、彩葉。もっとゆっくりしたいのだが、そろそろ帰って支度をしなければ」

「……はい」

惣一は、明らかに質問をさせなかった。聞くなと言うことだろう。不安ばかりが募っていく。

屋敷までの帰り道。惣一は彩葉の手を逃がさんとばかりにしっかりと握り、ゆっくり足を進めた。

「彩葉」

「はい」

「私は魔獣討伐の責を負う東雲家に生まれ、幼い頃から周囲の子たちとは少し違う育ち方をしてきた」

そう語る惣一の表情は柔らかい。

彩葉はなにか思い出しそうで、しかし出てこないというようなもやもやした感覚に襲われる。

「だから、同じ年代の子たちとはなじめなくてね。でも、帝都を守る父が誇らしくて、一心に剣術を磨いた。つらくなかったわけじゃない。だけど、私の肉刺だらけの手を好きだと言ってくれた子がひとりだけいたんだ。あの子のおかげで今がある」

惣一は、彩葉に視線を合わせて穏やかな笑みを見せる。

惣一の話を聞いていると、激しく心が揺さぶられる。けれど、どうしてなのかわからなかった。

「どんな運命を背負おうとも、すべて自分が選んできた道だ。もちろん誰にも恨みなどないし、これまでの選択は正しかったと胸を張って言える。彩葉も自分が正しいと思った道を進みなさい。それが彩葉の幸せな未来につながる」

まるでその未来には、自分はいないとでも言いたげだ。

魔獣討伐の任務があまりに過酷で、生きて帰ってこられないときのことを意識しているのだろうか。そんなの、絶対に嫌だ。

「私は……私は、惣一さまの隣を歩いていたいです」

「彩葉……」

「もう、蔑まれて泣いているだけの自分には戻りたくありません」

同じ赤い目を持つというのに、彼は国の人々から尊ばれる存在だ。目を隠しているとはいえ、そうなれたのは彼の努力の賜物だろう。

呪われた子だから罵倒されても仕方がないと思い込み、下ばかり見て生きてきた自分とは違うのだ。

けれど、自分も惣一のように人生を切り開いていけると思ったら、強くなれた。

——もうこの目のことで泣いたりしない。私は私らしく生きていく。

「惣一さまが初めて私に、幸福の味を教えてくださったんです。もうこの味を忘れられませんから、責任を取ってくださいね。一生、隣を歩かせてください」

なんと大それた言葉を口に出しているのだろう。しかし、惣一と二度と会えなくなるなんて考えたくもなくて、どうしても彼を引きとめたかった。なにがあろうとも、生きて戻ってきてほしいのだ。

「そうか。そうだな」

惣一は少しうれしそうに表情を緩める。

「いつか彩葉と……」

「えっ?」

「なんでもない」

彼はなにか言いかけたが、やめてしまった。

屋敷に戻り、軍服姿の惣一を見送りに出ると、彼は彩葉をじっと見つめて微動だにしない。その視線が熱くて溶けてしまいそうだった。

しかし同時に、すさまじい不安が襲ってくる。

「約束してくださいましたよね。必ず私のところに帰ってくると」

惣一の腕をつかみ、必死に訴える。

「そうだったな。約束を破ったら、お前に嫌われそうだ」

そんなふうに茶化す惣一だったが、次の瞬間キリリと表情を引き締め、彩葉に向かって敬礼してみせる。

「行ってくる」

「はい。行ってらっしゃいませ」

部隊の者たちに迎えられ自動車に乗り込んで行ってしまう惣一の姿が、どんどん小さくなっていく。

「お願いします。惣一さまを無事に帰してください」

彩葉は茜色に染まった空を見上げて、祈った。

いつもと違う惣一の様子に夜も眠れず、そのうちほの暗い空が白み始めた。

庭に咲く馬酔木(あせび)の花が柔らかな太陽の光を背負い、輝き始める。

そろそろ惣一が戻るかもしれないと思いそわそわしていると、別邸の玄関の戸が開く音がした。

「すみさん？」

もう仕事を始めたのかと驚いて出ていくと、青い顔をした今川が立っていた。

「どうされたんですか？」

彼は惣一を出迎えるため早起きなのだが、こんな時間に別邸に来たのは初めてだ。

彩葉が問うと、いきなり土間に正座するのでひどく驚き、彼の前に膝をつく。

「今川さん？」

「どうかお願いします。彩葉さまのお力が必要なのです」

「私の？　私にできることがあればなんなりと」

彩葉がそう答えると、顔を上げた今川は苦しげに眉をひそめたまま話し始めた。

「惣一さまは、このままでは命を落としてしまいます」

「命を落とすって……」

彩葉は目を見開いた。

やはり彩葉の懸念は間違っていなかった。惣一のどこか引っかかる物言いは、死をも覚悟していたのだろう。

最近の顔色の悪さも、ずっと気になっている。

「やはり、任務が過酷なんですね。私になにができますか？　惣一さまのためなら、なんでもいたします」

彩葉は早口で尋ねた。

魔獣討伐に加わったところで足手纏いになるだけだ。ひたすら無事の帰宅を祈るしかないと思っていたのだが、今川はたしかに自分の力が必要だと言った。

「彩葉さま……どうか、惣一さまに血を」

「血？」

思いがけないひと言に、首をひねる。

「はい。彩葉さまの血があれば、惣一さまは元通り元気になられます。このままなにもしなければ、惣一さまの命は確実に……」

無念の表情を浮かべる今川は、きつく唇を噛みしめた。

人間は、血を多量に失うと死に至る。頬や軍服についているあの血は、魔獣を斬った際の返り血だとばかり思っていたのだが、惣一自身の血だったのだろうか。長い遠征から戻ったあの日、シャツに血はついていなかったが、スラックスの下まで確認していない。

「いくらでも使ってください。惣一さまがいなくなるなんて考えられない……。どうすればいいのか教えてください。病院？」

血の分け方など知らず、今川に尋ねる。

「いえ。惣一さまがご帰宅なさったら、おそばに行っていただければ……」

今川は言葉を濁す。

「それだけでいいのですか？　……あっ」

そういえば、ふらつく惣一が心配で部屋に押しかけたとき、彼は彩葉をベッドに押し倒して首筋に歯を立てようとした。

あのときも、血を欲していたのではないだろうか。けれど、怖がると思ってこらえた気がするのだ。

「もしかして、任務から戻った惣一さまが、私を近づけようとされないのは……」

彩葉が漏らすと、今川は難しい顔でうなずいた。

疲れているからでも、傷の手当てをしているからでもなく、自分の血を奪わないようにするためだったのだ。

組み敷かれたあのとき、優しい惣一が理性を失っているように見えた。血を失っているときは、自制が効きにくくなるのかもしれない。だから、手を出さないようにそばに来るなと拒むのだ。

「おそばに行けば、私の血をお分けすることができるのですね」

「はい。どうかよろしくお願いします」

悲痛の面持ちの今川が、再び深々と頭を下げる。

生まれたときから惣一を見守ってきた彼は、両親の死後、親代わりとして大切にしてきたことはうかがい知れる。惣一を守りたいのは当然だ。

それに、彩葉も夫を守りたかった。

惣一から、今川がよいと言っても、出迎えをしてはならないと言いつけられている。しかし、このままでは惣一の命が消えてしまうと知ったからには、放っておくことなどとてもできない。たとえ彼に嫌われようとも、できる手はすべて打つつもりだ。

「大丈夫です。ほかにもできることがあればなんなりと」

そう付け足すと、今川はすがるように彩葉の手をしっかりと握りしめた。

できる限り紅炎の力を借りずに戦おうとしても、難しくなった。
大きな群れを排除して安心していたが、その群れが支配していた領域に別の群れがやってきたのだ。最近、魔獣の目撃情報が多数上がるようになったのはそのせいだった。
魔獣は基本夜間に活動するが、その日はまだ太陽が沈みきる前に山のふもとまで下りてきて、帝都の外れで農地を耕していた農民を襲った。

人間の血肉のうまさを改めて知った魔獣が、さらに人間を求めるようになるのは必至で、惣一が率いる部隊も総動員となっている。

その日もひとりで七頭倒し、かなり疲弊していた。

日に日に血が煮えたぎる時間が長くなり、かつ苦痛も増大している。

最近は山の中でしばらくひとりになり、強い発作を抑えてから再び部隊と合流して帰還していたが、間違いなく気を失うと判断した惣一は家路を急いだ。

「総帥。すごい汗ですが、大丈夫ですか？」

「大丈夫だ」

山のふもとから自動車で送ってくれる隊員に冷静を装うのも本当はつらい。首を絞められているかのように息が苦しくて頭痛も激しくなってくる。

やがて東雲邸が見えてきたとき、なんとか取り乱さずに済んだと安堵した。

車を降りて、敬礼する隊員に惣一も応じ、必死に足を前に動かす。

最近の様子を心配してか、すでに待機していた今川が門を閉め、隊員から姿が見えなくなったのと同時に、その場に突っ伏した。

「惣一さま！」

今川が支えてくれるも、立ち上がることすらままならない。ここまでひどいのは初めてだ。

——そろそろお迎えか……。

惣一は自分の死期が近いと感じていた。

彩葉と言葉を交わすたび、このひと言が最後になるのではと毎回おびえている。桜を見に行ったとき、彼女は『来年も一緒に、桜を見てくださいますか？』と聞いてきたが、確実に来年は無理だろう。

それどころか、暑い盛りの夜に咲き誇る月下美人ですら、拝めないかもしれない。

一年に数回しか花開かないという月下美人は、はかなげで美しく、しかしどこか気高い。

惣一がこの花を好きなのは、それが彩葉と重なるからだ。

これまで彩葉は周囲の環境に阻まれ、花を咲かせることが難しかっただけ。これからは一年中周囲を笑顔にするような可憐な花となるだろう。

彼女のそんな未来を想像しながら逝くのも悪くない。ただ、できれば彩葉という原石が輝くところを隣で見ていたかった。

「惣一さま」

そんなことを考えていたからか、彩葉の声が聞こえた気がした。

「惣一さま」

もう一度耳に届き、今度は肩に今川とは違う手が触れる。

「……彩、葉？」

なんとか頭を持ち上げると、眉をひそめる彩葉の姿があり、ひどく焦った。

「だめだ。近寄るな。早く去れ！」

惣一は彩葉を突き飛ばし、怒鳴った。

冷たい言い方だと承知している。しかし、優しく諭す余裕などないのだ。

彩葉の血が欲しい。彼女を襲い、そのみずみずしい肌に歯を立てて血を貪りたい。

紅炎の狼としての本能のようなものが、惣一の理性をあっという間に壊してしまう。

——耐えろ。耐えるんだ。

自分に喝を入れるも、さらに体が熱くなるのを感じる。

「惣一さま。私の血を……どうか私の血を飲んでください」

——今、なんと言ったんだ？

驚いた惣一は、彩葉に視線を送った。

「惣一さまを助けられるなら、痛かろうがつらかろうが、耐えられます。惣一さまを失うほうが怖い……」

今川が血の秘密を明かしたのだろうか。

「惣一さま、お願いします」

彩葉が目の前まで来て、惣一の腕を握る。

今すぐにでも着物の襟を開き、その白い首筋にかぶりつきたい。

感じたことがない喉の渇きに襲われて、彩葉の肩を指が食い込むほどの勢いでつかんでしまった。

それなのに彼女は、微笑むだけで逃げようとしない。

「早く、早く逃げるんだ」

「逃げません。私の血を――」

「そんなことをしたら、お前が死んでしまう！」

最後の理性を振り絞り、彩葉を突き飛ばして立ち上がる。

「惣一さ――」

「来るな。決して来るな！」

惣一は正気を保とうと自分の腕に噛みつき、力を振り絞って本邸へと入った。

扉を閉めた瞬間、その場に崩れ落ち、扉を背に座り込む。

「なんでだ。彩葉にこんな姿、見せたくなかった……」

惣一はそのまま意識を手放した。

惣一が目覚めた頃には、太陽がすでに西に傾いていた。

「お目覚めになりましたか」

どうやらまだ生きていたようだ。

水に浸した手拭いを手にした今川が、ほっとした顔を見せる。しかし、聞かねばならないことがある。

惣一はベッドで上半身を起こした。

「今川」

「はい」

「私がひとたび彩葉の血を口にすれば求めずにはいられなくなり、彼女のほうが命を落とすと知っているな」

惣一が書斎の本で知ったことを突きつけると、目を丸くしている。

「そ、それは……」

「それなのに、彩葉に血を差し出せと話したのか？　死ねと言っているのか！」

惣一がどれだけ彩葉を大切に思っているか知っているくせに。これは、最大の裏切りだ。やはり、あの書物を読んだときに問い詰めておくべきだった。

怒りが止まらない惣一は、声を荒らげる。

「申し訳ありません」

「彩葉になにを話した。まさかすべて……」

「惣一さまが狼を宿すことや、おふたりが番であることは明かしておりません。ただ、彩葉さまの血がなければ惣一さまの命が危ういと——」

気がつけば、今川の胸倉をつかんでいた。

「なぜ明かした。お前は彩葉の優しさを知っているはずだ。彼女は死ぬとわかっていても、自分を犠牲にして私を助けかねない」

惣一は今川から手を放し、頭を抱える。

「彩葉をすぐに別の屋敷に移せ。もう二度と私と接触させるな」

理性を失った自分が、彩葉を手にかけるのが怖い。先ほどの接触が今生の別れとなるのは残念だが、彼女を守れるならそれでいい。

「それはできません」

「なぜだ！」

頑(かたく)なな今川に、いら立ちが募る。

「私は、ご両親から惣一さまを託されました。惣一さまをお守りするのが私の役目。どうしても私が気に入らないのでしたら、惣一さまの手で殺めてください」

今川の言葉が胸に突き刺さる。

惣一だって、彼が自分への忠誠心から彩葉に助けを求めたことくらいわかっているのだ。なりふり構っていられないほど、自分の状態が悪いということも。

けれど、彩葉を犠牲にして生き残りたいとは思えない。彼女がいなければ、今の自分はいないのだから。

世界でたったひとり愛を注ぎたい女性を、自分のせいで死に至らしめるなんて耐えられるわけがない。

「彩葉を私に近づけさせるな。今後は見送りもだめだ」

「しかし……」

「それが約束できないなら、ここには戻らぬ。山奥で野垂れ死にしたほうがましだ」

今川にとって、酷な話をしている自覚はある。でも、今川が惣一を大切に思ってくれるように、惣一は彩葉が大切なのだ。

「……承知、しました」

今川は肩を落としながらも、渋々受け入れた。

もう時間がない。この命あるうちに魔獣を一掃しなければ。

惣一は気だるい体を動かして、軍服に袖を通し始めた。


「総帥。お顔の色が優れませんが……」

泉下岳のふもとに集結していた部隊に合流すると、すぐに指摘される。けれど、魔獣の数が増えている今、自分がいなければ全滅しかねない。それこそ、帝都の危機となる。

「問題ない。本日、できる限りの魔獣を叩く。帝都に少数の部隊を残して、あとはすべて山へと進め」

「御意」

自分の命は、今日尽きる可能性もある。

惣一は焦りを感じながら、毅然と振る舞った。

万全の体制を敷いて山に入ったが、昨日よりずっと魔獣の数が少ない。

恐れをなして山奥へと戻っていったのかと思いつつ、まずは二頭倒した。

「東雲総帥！」

するとそこに、けがをして療養していたはずの中将が包帯姿で顔を出す。

「どうした。けがはよくなったの——」

「帝都の街が魔獣に襲われています」

「どういうことだ」

さーっと血の気が引いていく。

最近は帝都に半分の戦力を置いていたのだが、今日はほとんど連れてきてしまった。

獣道をふさぐように奥へと進めと各部隊に命じたため、魔獣は街には下りられないと油断していたのだ。

「以前の群れとは違います。彼らはがむしゃらに戦いを挑むのではなく、人間のように考えて行動しているように見受けられます」

魔獣にそんな知恵があるとは初耳だ。

しかし、奥地にこもっていたせいでこれまで接したことがない群れについては情報が少なく、あらゆる可能性を考えて予防線を張っておくべきだった。

「東雲総帥の邸宅のほうにも――」

「なにっ？」

もしや彩葉が狼に定めを受けた番だと気づかれたのではないだろうか。

人間のように脳が発達している魔獣の群れであれば、惣一が紅炎を宿していると気づいているはず。紅炎と組んだ惣一を殺められないのであれば、その番を亡き者にすれば、いつか惣一の命は途絶える。その結果、紅炎の命も危うくなるだろう。

魔獣にとって、軍も狼も一掃できる好機となる。

「全員、帝都に戻れ。帝都の人々を守るんだ」

惣一は大声で指示を出したあと、走りだした。

「彩葉……。死なせない、絶対に」

惣一が行ってしまった。

彼が無事だと確認できて安堵した一方で、見送りさえ拒否されてなすすべがなくなった彩葉は、別邸の窓から庭を見つめて放心していた。

血を使ってほしいと申し出たとき、『そんなことをしたら、お前が死んでしまう！』と叫んだ惣一の険しい顔が忘れられない。

「まさか……」

惣一が自分を遠ざけるのは、命を守るためだったとは。

夫婦になったのだからもっとそばにいたいと、ひとりよがりな気持ちをぶつけていた自分にあきれる。

今川は惣一が彩葉の血を口にすれば、彩葉は生きてはいられなくなると知っていたのだろうか。

あえて本人には問わなかったけれど、知っていて助けを求めたのだとしても、憤りはない。

彼はずっと惣一を支えて生きてきたのだ。ほかのなにを犠牲にしても惣一を守りたいに違いない。

もし、今川自身の血でこと足りるのであれば、迷うことなく惣一に差し出したのではないかと思えて、とても責める気にはなれなかった。

なぜ自分の血が惣一の役に立つのか知る由もないけれど、彼が政略結婚の相手に彩葉を指定したのは、跡継ぎが欲しかったのではなく、この血を欲していたからに違いない。久我家に大金を積んでまでも彩葉を花嫁にと望んだのは、命にかかわることだったからだろう。

そうでなければ、惣一ほどの立派な人間が、虫けら同然に扱われていた自分を妻に欲するわけがない。

今さらながらに妻に望まれた理由に気がつき落胆もしたけれど、それでも惣一に嫁いだことに後悔はなかった。

惣一は、久我家で苦しい思いをしていた自分を救ってくれた。

会えない日が続き、ようやく会えても、一緒に過ごせるのは限られたごくわずかな時間だけ。しかし彼は、その短い時間で幸せを教えてくれた。ずっとそばにいたいと思うほど、大切にしてくれた。

それに……彼は血を利用することを拒んだ。

そのために娶ったはずなのに、優しい彼は妻を殺せなくなったに違いない。

「惣一、さま……」

惣一は天崇国には必要な人。彼なくしては帝都の平穏は守れない。

惣一が死ぬくらいなら、この命を喜んで差し出そう。

そう覚悟を決めたけれど、頬に涙がひと筋こぼれていく。

「一緒に……惣一さまと一緒に、幸せになりたかった……」

彩葉は誰にも言えない本音をつぶやき、しばらく涙を流し続けた。


眠れぬ夜となったその晩は、あふれんばかりの光をたたえた盈月が空に昇っていた。

吸い込まれそうなほど美しい清輝とは対照的に、遠くから犬の遠吠えのような不気味な声が聞こえてくる。

喉が渇いて台所に向かうと、すみが顔を出した。

「ごめんなさい。起こしました？」

「いえ、なかなか眠れず……。お茶でしたら、私が。彩葉さまはお座りになっていてください」

すみは彩葉から茶葉を奪う。

「ありがとう」

彼女も朝の惣一とのやり取りを聞いていたので、なにがあったのか知っている。心配してくれているのだろう。お言葉に甘えて、茶の間の座布団に腰を下ろした。

「先ほどから、遠吠えが聞こえますよね」

湯を沸かし始めたすみが、窓の外に視線を移して言った。

「ええ、少し不気味ね。このあたりでは、こういうことはよくあるの？」

「いえ。東雲家にお仕えするようになってもう十年ほどになりますが、初めてです」

「初めて……？」

それを聞き、嫌な予感がする。

「あの泣き声は、犬？　それとも……魔獣？」

彩葉は自分で聞いておいて、怖くなった。惣一の率いる軍に、なにかあったのではないかと。

「私は魔獣をよく知らずわかりませんが、そうだとしたら……」

すみも顔を引きつらせた。

軍人以外に、魔獣に遭遇して生還したのは彩葉ただひとりだと噂されている。知らないのは当然だ。

彩葉は必死に記憶を手繰り寄せてみたけれど、魔獣についてはなにも思い出せない。

――私は本当に魔獣に襲われたの？

噛まれた痕がうっすらと残る左肩に無意識に手を置き、考える。

「んっ……」

なぜだか突然頭が痛くなり小さな声を漏らすと、すみが心配そうに顔を覗き込んできた。

「彩葉さま、どうかされましたか？」

「魔獣って、白い毛におおわれているのよね」

「はい。そう聞きました。白い毛を持つ大きな虎のようだと」

彩葉の脳裏に、黒鳶色の生き物が浮かんだのだ。その大きな獣が目の前に飛び出してきたような。

けれど、それがなんの光景なのかわからなかった。

「黒鳶色の動物を知ってる？」

「さあ、熊ですか？」

「ううん、熊じゃなくて……。あっ……」

――もしかして、狼？

書斎から持ってきた本に、魔獣の天敵は、黒みを帯びた暗い赤褐色の毛をした狼だと記されてあった。

もし頭に浮かんだ獣が狼だったとしても、なんの意味があるのだろう。

「あの鳴き声、狼ということはない？」

「狼は随分前に滅びたのではないですか？」

「本に、ほとんど滅びたと書いてあった気がするの。ほとんどっていうことは、少しは生き残っているってことじゃないかしら」

彩葉がそう言うと、すみは考え込んでしまった。

「そうかもしれませんね。ただ、惣一さまから山で狼に遭遇したという話を聞いたことがございませんし、鳴き声も知りません」

「そうよね……」

帝都で魔獣は話題に上っても、狼について触れる者は皆無だ。

突然浮かんだ光景はなんだったのかと思いつつ、すみが淹れてくれたお茶を口に運んだ。

一旦部屋に戻ったものの、遠吠えはおさまらない。それどころか近づいているような気がして、胸騒ぎがする。

「い、彩葉さま！」

突然玄関から今川の大きな声が響いてきて、廊下に駆け出る。すると今川が慌てた様子でこちらに向かってきた。

「どうした——」

「本邸に。奥井も早く！」

いつもは本邸に入るなと言われているのにどうしたことだろう。

「惣一さまになにか？」

「いえ。魔獣が……帝都を襲っています。ここより本邸のほうが造りが丈夫ですから」

「魔獣？」

あの遠吠えはやはり魔獣のものだったのだ。

「惣一さまの部隊はどうなったのです？」

彩葉は本邸の玄関に走りながら今川に問う。

「まだわかりません」

「そんな……」

惣一は無事なのだろうか。

「とにかく今は、避難を」

彩葉は不安を隠してうなずき、足を進めた。

別邸から本邸は、庭を横切ればすぐだ。しかし……。

──ウゥウゥゥ。

低い唸り声が耳に届いて、足がすくむ。

振り返ると、白い毛を持つ彩葉よりずっと大きな獣が三頭、門をこじ開けて飛び込んでくる姿が見えた。

彩葉はとっさに魔獣に向かって走りだした。今川とすみを守りたかったからだ。自分が魔獣を引きつけておけば、その間にふたりが本邸に入れると踏んだ。

「い、彩葉さま！」

今川の叫び声が、夜のしじまに響き渡る。

「早く、早く本邸へ！」

彩葉は叫び、魔獣の前に立ち塞がって手を広げた。

「お願い。傷つけないで」

勢いで飛び出したが、足が震えて息がうまく吸えない。

そのとき、なぜか白い巨大な獣に飛びつかれそうになった場面が浮かんだ。あれはきっと、魔獣だ。

先ほどから断片的に浮かぶ光景がなんなのかわからないけれど、それより今は、目の前の魔獣をどうするかだ。

――グルルルル。

赤い目を光らせて鋭い牙をむき出しにし、威嚇するように喉を鳴らす魔獣が、ぐいっと前脚に体重を乗せる。

「……来ないで！」

震える声で叫んだ瞬間、魔獣が太い脚で地を蹴り、一斉に飛びかかってくる。

「嫌ーっ」

「彩葉！」

食いちぎられる覚悟をして目を閉じ体を硬くしたそのとき、自分の名を呼ぶ声が聞こえ、ドサッという大きな音がした。

おそるおそるまぶたを持ち上げると、目の前に魔獣とは違う黒鳶色の獣が立ちふさがっており、その獣に惣一がまたがっている。魔獣はその向こうに倒れていた。

──なに、これ……。

心が激しく揺さぶられ、頭が割れそうに痛い。

この光景、見たことがある。白い巨体に追われて死を覚悟したとき、この獣が突如姿を現して助けてくれた。

たしかあのとき、『彩葉』と自分の名を呼び、なりふり構わず駆けつけようとした男の子もいたはずだ。

あれは……惣一だ。頭に浮かぶ姿は、背丈も低くあどけなさの残る顔立ちをしているけれど、間違いなく彼だ。

魔獣に襲われたところを、惣一が助けてくれたのだ……。

幼い頃、けがを負いながらも生きて帰れたのは、惣一とこの獣が助けてくれたからだと、完全に思い出した。

「彩葉に手を出すな！」

怒りに満ちた声で魔獣をけん制する惣一は、獣から飛び降りて刀を構える。

「紅炎、来い」

そして誰かの名を呼んだと思ったら、目の前にいた黒鳶色の獣が惣一の体に呑み込まれるように入っていくので、声も出ない。

惣一はその直後、目をつり上げて敵意をむき出しにし、飛びかかってきた魔獣目がけて足を踏み込み、刀を振り始めた。

――グァァァ。

耳障りな叫び声とともに、刀が刺さった魔獣の額から血が噴き出す。惣一の右手の刀からは、血が滴り落ちていた。

「彩葉……彩葉！」

惣一は、愛しい人の名を叫びながら、足下の悪い山中を走りに走った。

（惣一、俺に乗れ）

紅炎がそう言ったかと思うと、惣一の体から出ていく。

幼い頃、惣一の体に入って以来一度も離れたことがなかったのに、それだけ切羽詰まった状況だということだろう。

体がちぎれて分離するようなきわめて不快な感覚のあと、目の前に姿を現した紅炎に惣一は迷わずまたがった。

驚くことに紅炎は、満ちた月が輝く帝都の空を駆け、彩葉のもとへと走る。

「頼む。無事でいてくれ」

彩葉がいない世界なんて、考えられない。

自分の存在が彼女の命を脅かすかもしれないというのに、抱きしめたくてたまらない。命を懸けても惜しくないと思うのは、あとにも先にも彩葉だけ。

そんな彼女を魔獣の牙になんてさらせない。

東雲家が見えてきたとき、異変に気づいた。独特の獣臭と、低い唸り声。間違いなく魔獣が迫っている。

「紅炎、急げ！」

紅炎を煽った惣一は、刀を抜いた。

彩葉に飛びかかろうとする魔獣たちに体当たりした紅炎は、血を流している。

彩葉を勝手に番にした紅炎を恨んだこともあったが、彩葉や惣一の命をこうして何度も救ってくれたのも事実だ。

彩葉を傷つけようとした魔獣たちに、感じたことがないほど強い怒りが湧き起こり、眼帯の下の目が熱い。

傷ついた紅炎を体に戻した惣一は、三頭いた魔獣を一気に片づけた。

最後の一頭の首を斬り落としたあと、体がふらつき、刀を地に突き刺して支える。

しかし、さすがに紅炎の力を使いすぎたようで膝から頽れ、必死に空気を貪った。

「惣一さま!」

彩葉の声がして、遠のきそうになる意識を必死に引きとめる。

理性がわずかに残っているうちに、離れなければ。今、彼女に触れるとまずい。

「来るな!」

きっとこれが……最後になる。彩葉の声を聞けるのは、もう。

自分の命の灯火が消えそうになっていると気づいた惣一は、渾身の力を振り絞り、叫ぶ。すると彩葉の足音がぴたりとやんだ。

刀を持つ手に力を入れて、なんとか立ち上がる。

──彩葉。私の愛しい彩葉。どうか強く生きてくれ。

惣一は眼帯を引きちぎってその場に投げ捨て、本邸へと向かう。

これが彩葉の顔を見られる最後の機会となる。両目でしっかりと彼女の顔を心に焼きつけたかった。

「惣一、さま……」

苦しげに顔をゆがめる彩葉は、惣一のもとに来ようとする。

「そこから一歩も動くな。動けば斬る」

こんな言葉を最愛の人にぶつけなければならないのがつらい。しかし、自分が彼女の命を奪うよりは、はるかにいい。

彩葉を守れてよかった。彼女の命を救えたのだから、これ以上なにを望もう。

――好きだ。初めて会ったあのときから、ずっと。

口には出せない愛の告白を胸に、惣一は必死に足を前に進めて本邸の扉に手をかける。

これで本当に最後だ。

「惣一さま」

扉を開けようとしたそのとき、悲痛な彩葉の声が響く。しかし惣一は覚悟を決めて本邸の中へと進み、扉を閉めた。

「彩葉……。くそっ」

惣一は刀を投げ捨て、座り込む。

――もう一度、見たかった。彼女の可憐な笑みを。

(死ぬぞ、お前)

「わかってる」

(早く、あの娘の血を――)

紅炎が切羽詰まった声で訴えてくるも、惣一は首を横に振る。

「これでいいんだ」

「惣一さま！　開けてください」

扉を背に座り、ここで命が尽きるのだと全身の力を抜いたそのとき、再び彩葉の声が聞こえてきた。

彼女の声を聞きながら逝くのも悪くない。できれば、笑い声がよかったが。

「どうか、私の血を……。私は、惣一さまが助けてくださらなければ、とっくに命を落としていました」

「彩葉……」

──記憶が戻ったのか？

「私に恩返しをさせてください。私の血で惣一さまを救えるなら、どうか……どうかこの血を使ってください」

──恩返しなんていらない。彩葉が生きていてくれればそれでいいんだ。

惣一は、体が徐々に冷えていくのを感じながら、心の中で叫ぶ。

「残念だが……さよならだ」

そうつぶやいた惣一は、ゆっくりまぶたを下ろした。

◇◇◇

彩葉は手が赤く腫れるのも気にせず、本邸の扉を叩き続けた。

まさか惣一が、命の恩人だったとは。

魔獣に襲われた光景を思い出したら、小さな惣一が手を肉刺だらけにしながら一心不乱に木刀を振る姿も頭に浮かんだ。

彩葉はそんな惣一に尊敬の念を抱くとともに、自分に向けてくれる彼の笑顔が大好きだったのだ。

「惣一さま、お願いです。私の血を……」

『そこから一歩も動くな。動けば斬る』と宣告されたときは、鋭い目と低い声に一瞬ひるんだ。

しかしそれが、自分を遠ざけるための言葉であることは明白で、すぐに追いかけた。

けれど、無情にも扉が閉まり、鍵までかけられてしまった。

眼帯を外して自分に視線を送った惣一が、死を覚悟しているのではないかと思えて、涙が勝手にあふれてくる。

あの黒鳶色の獣と惣一の体がひとつに溶け合ったときは、腰が抜けそうになるほど驚いたけれど、惣一は自分とは比べ物にならない過酷な運命を背負いながら、立派に立ち回り生きてきたに違いない。

ここで死んでいい人ではないのだ。

それに、惣一がいなければ、自分の命はとうの昔についえていただろう。ここまで生かしてくれた彼のためなら、この命を喜んで差し出せる。惣一は天祟国にとって必要な人なのだから。

「惣一さま。開けてください」

どれだけ訴えても返事はおろか物音すらしない。

「彩葉さま。手から血が……。もうおやめ──」

「嫌です。私は惣一さまの妻なのです。惣一さまをお支えするのが、私の役目」

悲痛の面持ちの今川が近づいてきて彩葉を止めようとしたが、拒否した。

「惣一さまは、今日も血を失われていらっしゃるのですよね」

「そ、それは……」

なぜか今川が気まずそうに返事をする。

「私の血を差し上げれば、惣一さまはこの先も生きられるのですよね」

「それは間違いございません。ただ……」

今川は惣一に血をと懇願したとき、その結果彩葉の命が絶たれるとは明かさなかった。うしろめたいのだろう、唇を噛みしめて視線を落とす。

「私は昔、惣一さまに命を救っていただきました。今度は私がお救いする番です」

彩葉は毅然と言いきった。

「も、申し訳ございません。どうか、惣一さまをお救いください」

その場で土下座して無念の表情で首を垂れる今川も、究極の選択を迫られているのだ。惣一と彩葉の命を天秤にかけなければならない苦しい胸の内はよく理解できた。

「惣一さま。お願いです。ここを開けてください」

繰り返し訴えて扉を強く叩いたけれど、やはり反応がない。

もしや、すでに……。

そんなことを考えると、全身の肌が粟立つ。

もう一刻の猶予もない。

そう感じた彩葉は、玄関の隣のはめ殺し窓に視線を移した。

――ここからなら……。

彩葉は本邸から少し離れると、意を決して窓に向かって走りだす。

「彩葉さま！」

すみの涙声が聞こえてきたが、そのまま窓に飛び込み、ガラスを破った。

ガシャンという大きな音とともに突っ伏した彩葉の全身に痛みが走る。あちこちに割れたガラスが突き刺さり、左腕の大きな破片を自分で抜いた。

上半身を起こし玄関のほうを見ると、扉にもたれかかり荒い呼吸を繰り返す惣一が目を見開いている。

「彩葉……」

床に手をつくと、落ちていたガラス片が刺さり、痛みに顔がゆがむ。けれど、惣一の命が消えていなかったことがうれしくて、立ち上がった。

「惣一、さま」

惣一も胸を押さえて、扉にもたれかかるようにしてなんとか立った。

「なぜ、こんな……無謀、なことを……を――」

惣一は荒々しい息を繰り返しながら、彩葉に問う。

ガラスで切れたせいで、彩葉の体のあちこちから血がにじんでいる。

血が足りない惣一は、彩葉の血を欲するようだ。さすがに血そのものを見てしまえば、我慢強い彼も耐えられないはず。

彼が助かるのなら、この命が散ろうとも本望だ。

「惣一さま。お願いです。私の血を……。私は、惣一さまがいなくなるのに耐えられません」

死にゆく前に惣一の姿をしっかりと目に焼きつけたいのに、涙があふれてきて視界がにじむ。

この涙は、死への恐怖ではない。もう惣一には会えなくなるのだという、悲しみの涙だ。

夫婦として、添い遂げたかった……。

「彩葉……」

苦しげに顔をゆがめて肩で息をする彼が、壁に手をつきながら近づいてくる。

もう少しで届くというところで、彼が手を伸ばしてきたので、彩葉は笑顔を作った。

血を奪うことに罪悪感を持ってほしくなかったのだ。惣一は、これまで自分を生かしてくれたのだから。

彼の手が肩に触れた瞬間、首筋に歯を立てられるのを覚悟して目を閉じた。それなのに、強く抱きしめられてひどく驚く。

「惣一さま？」

血を見ても、耐えているのだろうか。もう楽になってほしい。

「……私の、血を」

「わた……私が欲しいのは、血なんかじゃ、ない。お前の……心だ」

息を切らしながら言葉を紡ぐ惣一に、目を瞠る。

「えっ？」

「あい……愛している。出会った……あの日、から、ずっと」

「惣一、さま……」

彩葉を結婚相手に指名したのは、この血が目的なのだと思っていた。それでも優しい彼は、限界が訪れるまで大切にしてくれていたのだと。

けれど幼い頃に出会い、その頃から好意を抱いていてくれていたと知り、喜びの涙があふれる。

「私も……私も惣一さまをお慕いしております」

「彩葉……」

体を離した惣一は、苦しいはずなのに穏やかな表情で微笑んだ。

「だから……だから、私の血を。惣一さまは生きて――」

彩葉がその先を言えなかったのは、惣一の熱い唇が重なったからだ。

最初で最後の接吻(せっぷん)は、これまでの人生で最高の幸せを運んできた。

終章

暖かな日差しが差し込む寝室で、惣一は彩葉の額にそっと触れた。

「熱は下がってきたな」

まさか、窓を突き破り助けに来るとは思わなかった。

あのとき、彼女の行動力に驚かされたのと同時に、優しすぎるほど清らかな心に改めて魅了された。

今後の彼女の人生の枷(かせ)になってはならないと、愛をささやくことなく旅立たなければと思っていたのに、どうしても我慢ならなかった。

命を失うと知っていながらみずから傷だらけになり、自分の血を飲んでほしいと笑顔で語る彩葉を、もう突き放せなかったのだ。

彩葉が自分に好意を抱いてくれていると知れて、どれだけ幸せだったか。

衝動的に唇を重ねると、不思議なことに息苦しさが収まり、冷たくなりつつあった体に体温が戻った。

しかし同時に彩葉は意識をなくし、惣一は青ざめた。

すぐに今川に医者を手配させ診てもらったが、心に大きな負担がかかったうえ、体中にガラスが刺さり痛みのあまり気を失っただけで、命に別状はないという診断が下り、どれだけ安堵したか。

あれから三日。

医者からとにかく休息が必要だと診断された彼女は、本邸の惣一の部屋のベッドで、眠り続けている。

「ん……」

彩葉がかすかな唸り声をあげ、身じろぎする。惣一はすぐさま彼女の手を握り、唇を押しつけた。

「私はここにいるぞ」

惣一が声をかけると、彩葉は再び深い眠りに落ちていく。

「なあ、紅炎。どうしてあのとき、血の沸騰が収まったんだ？」

これまで一旦血が沸き立つと、それが収まるまでに一刻はかかった。その間苦しみ続けるはずなのに。

あの日は、紅炎を体から離して空を駆けさせ、これまでにないほど力を借りた。それだけでなく、彩葉を襲おうとした魔獣たちへの怒りが静まらず、紅炎の力を制御することなく刀を振った。

もともと限界が近かったのに加えて、これほど紅炎の力を酷使すれば、さすがにもう体が耐えられないと思った。

けれど、彩葉の血を貪ったわけでなく、ただ口づけを交わしただけで、すぐさま正常に戻ったのが不思議なのだ。

（さあな。俺もわからない。ただ……）

「ただ？」

紅炎が濁すので、急かす。その先が早く知りたくてたまらない。

（これまで俺の器となった人間は、血を求めて見境なく番を襲った。お前のように恋心を抱いた者もいたが、目の前に喉から手が出るほど欲しい血があるのに、それを無視して接吻を求める者などいなかった）

たしかに、彩葉の体から漂ってくる誘うような血のにおいには生唾を飲んだ。万が一理性が飛んでしまえば、なりふり構わず貪っていただろう。

「それで？」

（沸き立つ血を静めるには、番の血でなくてもよかったのかもしれないな。そもそも番とは、片割れに足りないものを、もう片方が補充する関係なのだ。血には血を求めるのが普通だが、口づけのときにわずかに交換された唾液でも同様の効果があったのだろう。これまでそんな前例がなくて、俺は知らなかったが）

「そう、か……。唾液であれば、彩葉は命を落とさずに済むのだろうか」

（人間は失われた血を補うために新たな血を作るが、その速度には限界がある。十分に補充される前にまた血を失い、やがて死に至るのだ。しかし唾液であればそんな心配は無用だろう）

惣一は、彩葉の心を求める気持ちが強すぎて、血より口づけを望んだ。それが功を奏したようだが、もっと早くに知っていればこれほど悩まずに済んだのにとも思う。とはいえ、紅炎も経験がなかったのだから致し方ない。

「惣一さま。夕餉の準備が整いました」

廊下から今川の声が聞こえてくる。

彩葉をけしかけた今川は、ひどい裏切りをしたと謝罪し、殺してくれと懇願した。しかしもちろん惣一は手をかけず、今でも侍従として仕えてもらっている。彼はみずからの命を差し出す覚悟をしてまで、惣一を助けてほしいと彩葉に頼んだのだから。

今川は、惣一にとって親代わりも同然。我が子のように大切に思う惣一が命を落とすと察しなりふり構っていられなくなった気持ちが、冷静になったら理解できた。

「ああ、わかった。すぐに行く」

今晩も、山へと赴かなければならない。一刻も早く魔獣を一掃して、彩葉と穏やかに生きていきたい。

「彩葉。行ってくる」

惣一は彩葉の額に唇を押しつけたあと、部屋を出た。

いつも食事をとる食堂の大きな机は、ひとりでは落ち着かない。

両親を亡くしてからそれがあたり前だったのに、いつの間にか笑顔の彩葉がいないと寂しくなってしまった。

彼女が自分のために心を込めて作ってくれる料理に舌鼓を打つ時間は、至福のときだったのだ。

命に別状はないと診断されている彩葉だけれど、なかなか目覚めなくて、ハラハラしている。

幼い頃のようにつらい出来事を封印するために記憶を失っている可能性もあるが、そうだとしてもいちから夫婦を始めたいと思っている。

今回のことで、彩葉からはなにがあっても離れられないと思い知ったから。

奥井が作ってくれたそら豆の甘辛煮は、彩葉の好物だ。彩葉が作るともう少し甘めなのだが、惣一はそれが好みでまた食べられる日を心待ちにしている。

「奥井。花壇の世話は……」

「お任せください。彩葉さまが大切に育ててこられたお花は、お目覚めになるまで責任を持って私が管理いたします」

彼女は彩葉が倒れたとき、むせび泣いた。

奥井にとって彩葉は、主の妻であると同時に、よき友人、そして家族のような存在になっている。初対面のとき赤い目におびえていたという彼女がここまで心を開いたのは、誰に対しても優しく、分け隔てなく愛情を注ぐ彩葉のおかげに違いない。

「頼んだぞ。目覚めたときに枯れていたら、きっと悲しむ」

「かしこまりました」

奥井は給仕が済んだのに、なぜか部屋を出ていこうとしなかった。

「どうかしたのか？」

「……あの。差し出がましいとわかっておりますが……」

落ち着きなく語る彼女は、なにやら言いにくいことがあるようだ。

「なんでも言ってみなさい」

「はい。彩葉さまは嫁がれてから、惣一さまのことばかり考えていらっしゃいました。街に買い物に出かけても、惣一さまがお好きな食べ物はなんなのかとか、着物は着られないのかとか……ご自分のものにはまったく目もくれず、惣一さまのものばかり見ていらっしゃって」

「そうだったのか」

　そういえば、ふたりで街に出かけたときもなにも欲しがらなかった。そのくせ、惣一がかんざしを強引に贈ったら、満面の笑みを浮かべて子供のように喜んで。かんざしひとつで、あれほど顔をほころばせる彼女に驚いたくらいだった。

しかしよく考えたら、惣一も彩葉になにかを贈られたら、その物自体の価値に関係なく生涯の宝物となる。それと同じだったのか。

「でも結局、なにも買われませんでした」

「それはどうしてだ」

「自分は跡取りを産むために嫁いだのだから、惣一さまのお気持ちまで欲しいなんて望める立場ではない。だから、負担になるようなことはしたくないと」

久我家から一刻も早く救い出したくて金を積み、政略結婚だと取り繕ったことで、それほど苦しませたとは知らなかった。

「そうか。彩葉がそんなことを……」

「はい。それなのに、次もまた惣一さまのお着物や背広ばかりご覧になるんですよ。それが楽しいとおっしゃって。だから、せめてもと育てられた花壇のお花には、彩葉さまの惣一さまへのありったけの愛がこもっているんです」

奥井はかすかに声を震わせる。

彩葉の健気な姿を見て、不憫に思っていたに違いない。

「安心しなさい。もう彩葉を泣かせたりはしない。天崇国で一番幸せにする。約束だ」

そう伝えると、奥井はうれしそうに微笑み、大きくうなずいた。

その日、帝都を襲った魔獣の仲間の群れを追い、奥地に足を踏み入れた。

不意を突かれて街を襲われた反省から、山へと進むのは少数精鋭。あとの部隊は山のふもとと帝都の街中に待機させている。そのため惣一の負担はますます増すが、力がみなぎっている。

もちろん、彩葉との未来を考えられるようになったからだ。

（お前、無茶しすぎだ）

ひとりで二頭をあっという間に倒した惣一に、紅炎が文句を言っている。

「あれから、体が軽いんだ」

彩葉と口づけを交わしてから、紅炎の力を使ってもさほど苦しまずに済むようになった。

最近は疲労が蓄積していたのか、どこかで体を休めてからしか動けなかったが、息苦しさもなく屋敷まで戻ることができそうだ。

（あの娘の力は絶大なんだな）

「だから、娘じゃなくて彩葉だ」

紅炎にくぎを刺すと、ふんと鼻で笑っている。

「今日は撤収だ」

東の空が明るくなってきた。

惣一は部隊に指示を出したあと、眼帯を取り去った。

「東雲総帥……」

「その目は……」

彼らの前で眼帯を取り、赤い目をさらしたのは初めてだからか、はたまた魔獣にえぐられたと噂されていた眼球が存在しているからか、皆あんぐりと口を開けている。

「これは私の自慢の目だ。妻と対なのだ」

目が赤く染まったときは驚いた。父の名誉を守るために眼帯をつけるようになったが、惣一にとってこの目は彩葉を守れた証。ずっと隠しておくのもおかしいと思ったのだ。

「奥方さま……。あの左目が赤い、あの方ですか？」

声をあげたのは、雪の日に兄から取り返したつげの櫛を彩葉に渡した中佐だった。

「そうだ。彼女が私の妻だ。聡明で謙虚で……誰よりも優しい最高の伴侶だ」

まさか自分が、妻についてこれほど堂々と語る日が来るとは思わなかった。

けれど、今は伝えたくてたまらない。彩葉がどれだけ素晴らしい女性なのかを。そして、どれだけ彼女を愛しているのかを。

「そうでしたか。総帥がご自分についてお話しになるのは初めてではありませんか？もっと聞きたいです」

「そのうちな」

これから彩葉と同じ道を歩くのだ。いくらでも楽しい思い出ができる。

「さあ、帰ろう」

「はい！」

惣一は声をそろえた隊員と、家路を急いだ。

「彩葉。体調は悪くないか？」

誰かの優しい声が聞こえてくる。けれど、まぶたが重くて持ち上がらない。

「この傷、少し痕が残ってしまうかもしれないと医者が話してたけど、私はあきらめないからな。国中の薬師にいい薬を作らせる」

持ち上げられた左腕に、温かいなにかが触れる。

「今日、右目を自慢してきたのだ。妻と対だと。皆驚いていたが……」

そこで声が止まり、今度は左目のまぶたに先ほどと同じ温もりが降ってきた。

「私は自慢できて、最高に幸せだった」

この声は、愛おしい旦那さまだ。この世でたったひとり、心に想う大切な――。

「……そう……い……」

「彩葉？」

「そういち、さ……」

惣一が、生きている。

記憶にないが、自分の血が役立ったのか、命を落とさずに済んだのだろう。それに彩葉自身も、どうやら生きながらえているようだ。

体は鉛のように重いのに、惣一と言葉を交わしたくてたまらない。

「彩葉。わかるか？　私だ」

「惣一、さま……」

そう言った瞬間、強く抱きしめられ、目尻から熱い涙がこぼれる。

「彩葉……」

惣一の声が震えている。彼もまた泣いているのだ。

今日も魔獣討伐に行ってきたのだろうか。

だったら、血を……今すぐ血を……。

涙が伝う頬に、再び温かくて柔らかい感覚を感じたとき、彩葉はゆっくり目を開いた。するとうれしそうに涙を浮かべる愛しい人が目の前にいる。

「彩葉……よかった」

彼は声を振り絞ると、まぶたにそっと口づけをした。先ほどから感じていたのは、惣一の唇だったようだ。

照れくさくてたまらないけれど、彼に触れてもらえるだけでこれほど心震えるとは思わなかった。

「惣一さま……。血を……私の――」

惣一に唇を指で押さえられ、それ以上言えない。

「覚えていないか？　私が欲しいのは、彩葉の血ではない」

「あっ……」

彩葉はすべて思い出した。

窓を突き破り惣一の傍らに行ったとき、苦しげに息を切らした彼は、血ではなく心が欲しいと言った。そして、愛の言葉をささやいてくれた。

「夢では、ないの？」

「ああ。何度でも言おう。私は、彩葉を愛している。血ではなく、心が欲しい」

ひそかに心に想っていた人からの愛の言葉に、ますます涙が止まらない。

「惣一さまは、幼い頃、私を魔獣から守ってくださったのですね」

「そうだ。私の体には、そのときに手を貸してくれた狼が宿っている」

「狼……」

彩葉が見た黒鳶色の大きな獣は、やはり狼だったのか。

「彼のおかげで私は自分の能力以上の力を発揮できる。ただ、体への負担が大きくて、番の血を欲してしまうのだ」

「番？」

うなずく惣一は珍しく眼帯をしておらず、彩葉の手を取り、自分の右目に触れさせる。

「これが、番の証だ」

「えっ……」

衝撃の事実に、大きな声が出てしまう。

「あの日、魔獣から彩葉を守る代償として、狼の紅炎と契約を交わした」

「契約？」

「そうだ。紅炎とともに魔獣を叩くために、この体を貸すことにしたんだ。そのとき思いがけず彩葉を番にさせられてしまった。彩葉の左肩にあった傷は、紅炎が私たちを番にするために噛んだ痕なんだ」

てっきり魔獣に噛みつかれたとばかり思っていたので驚いた。そういえば、惣一が駆けつけてくれたときにまたがっていた狼の目も、魔獣と同様、赤かった。

「私の番となったばかりに……赤い目を背負ったばかりに、つらい思いをさせてしまった。申し訳ない」

　神妙な面持ちの惣一が首を垂れるが、彩葉は首を横に振った。

「……たしかにこの目のせいで蔑みの言葉をぶつけられはしました。でも……呪いでも不幸の象徴でもなかったのですね。この目が、幸せの証だったなんて……」

　久我家の人々からも、世間からもつまはじきにされて、苦しくなかったわけではない。けれど、惣一とつながっている証だとしたら、失わなくてよかったと心から思う。

「彩葉……」

　大きく目を見開いた惣一は、彩葉に熱いまなざしを注ぐ。

「そうだな。私のこの目も幸福の象徴だ。これからお前をもっと幸せにする」

　なんとうれしい言葉なのだろう。

　幼い頃からあこがれていた惣一からの宣言に、胸がいっぱいだ。

　けれど、彩葉ははっとして上半身を起こした。

「どうした？　つらくないか？」

「惣一さま。お体は？　番なのであれば、役割を果たさせてください。血を――」

　もうあれほど苦しむ姿を見たくなくてそう伝えると、彼は柔らかな笑みを浮かべて首を横に振る。

「私の体を回復させるのは、番の血でなくてもいいことがわかった」

「でしたら、どうしたら……」

彩葉は惣一の腕をつかみ、興奮気味に尋ねる。

するると彼は彩葉の頬を大きな手で包み込み視線を絡ませたあと、彩葉の唇にそっと指を這わせた。その姿が艶っぽくて、心臓が早鐘を打ち始める。

「愛のこもった口づけ」

「えっ？」

「番との接吻でわずかな唾液を交換すれば、私の体は回復するようだ」

まさかの事実に、言葉も出ない。

「だが、誤解しないでくれ」

口の端を上げて微笑む惣一は続ける。

「これは回復のためではなく、お前への愛の証だ」

そうささやいた惣一は、彩葉の腰を引き寄せ、熱い唇を重ねた。

あとがき

惣一と彩葉の物語をお読みいただき、ありがとうございました。

牙さえむかなければ、もふもふしてかわいい気がする魔獣との戦いは、過酷なようです。帝都の民のために命を懸けて戦いに挑む惣一は、頼もしい存在でした。

互いに命がけで相手を救おうとする姿は一見美しいですが、どちらかが犠牲になるというのは、助かり、残されたほうも苦しいもの。自分がもし同じような状況に立たされることがあれば、犠牲になって旅立つ選択をするかもしれません。

相手の命を守りたくて自分が犠牲になろうとしたふたりと違うのは、大切な人の命を背負って喪失感にさいなまれながら生きていくのがとんでもなくつらそうだからという、消極的な理由からです。

と思うと、惣一と彩葉は、とてつもなく純粋で強い人たちなのでしょう。

惣一のように命の危機に遭遇するわけではなくとも、生きていると楽しいことばかりではありません。

私は一年に十作近くの小説を書きますが、現実で大変な思いをしているときは没頭しがちです。いわゆる現実逃避なのですが、そうやって心を立て直すのは悪いことではないと思っています。

拙作を読んでくださる皆さまには、現実とは別の物語の世界を思いきり堪能していただき、次の行動への活力にしていただけると幸いです。

それでは、また次の作品でもお会いできることを祈って。

朝比奈希夜

この物語はフィクションです。実在の人物、団体等とは一切関係がありません。

朝比奈希夜先生へのファンレターのあて先
〒104-0031　東京都中央区京橋1-3-1　八重洲口大栄ビル7F
スターツ出版（株）書籍編集部 気付
朝比奈希夜先生

初めてお目にかかります旦那様、
離縁いたしましょう

2024年10月28日　初版第１刷発行

著　者　　朝比奈希夜　©Kiyo Asahina 2024

発 行 人　　菊地修一
デザイン　　フォーマット　西村弘美
　　　　　　カバー　北國ヤヨイ（ucai）
発 行 所　　スターツ出版株式会社
　　　　　　〒104-0031
　　　　　　東京都中央区京橋1-3-1　八重洲口大栄ビル7F
　　　　　　TEL　03-6202-0386（出版マーケティンググループ）
　　　　　　TEL　050-5538-5679（書店様向けご注文専用ダイヤル）
　　　　　　URL　https://starts-pub.jp/
印 刷 所　　大日本印刷株式会社

Printed in Japan

ISBN　978-4-8137-1656-3　C0193

スターツ出版文庫　好評発売中!!

『青い月の下、君と二度目のさよならを』　いぬじゅん・著

『青い光のなかで手を握り合えば、永遠のしあわせがふたりに訪れる』――幼いころに絵本で読んだ『青い月の伝説』を信じている、高校生の実月。ある日、空に青い月を見つけた実月は、黒猫に導かれるまま旧校舎に足を踏み入れ、生徒の幽霊と出会う。その出来事をきっかけに実月は、様々な幽霊の“思い残し”を解消する『使者』を担うことに。密かに想いを寄せる幼なじみの碧人と一緒に役割をまっとうしていくが、やがて、碧人と美月に関わる哀しい秘密が明らかになって――？ラスト、切なくも温かい奇跡に涙する！

ISBN978-4-8137-1640-2／定価759円（本体690円+税10%）

『きみと真夜中をぬけて』　雨（あめ）・著

人間関係が上手くいかず不登校になった蘭。真夜中の公園に行くのが日課で、そこにいる間だけは“大丈夫”と自分を無理やり肯定できた。ある日、その真夜中の公園で高校生の綺に突然声を掛けられる。「話をしに来たんだ。とりあえず、俺と友達になる？」始めは鬱陶しく思っていた蘭だけど、日を重ねるにつれて二人は仲を深め、蘭は毎日を本当の意味で“大丈夫”だと愛しく感じるようになり――。悩んで、苦しくて、かっこ悪いことだってある日々の中で、ちょっとしたきっかけで前を向いて生きる姿に勇気が貰える青春小説。

ISBN978-4-8137-1642-6／定価792円（本体720円+税10%）

『49日間、君がくれた奇跡』　晴虹（はるな）・著

高校でイジメられていたゆりは、耐えきれずに自殺を選び飛び降りた…はずだった。でも、目覚めたら別人・美樹の姿で、49日前にタイムスリップしていて…。美樹が通う学校の屋上で、太陽のように前向きな隼人と出逢い、救われていく。明るく友達の多い美樹として生きるうちに、ゆりは人生をやり直したい…と思うように。隼人への想いも増していく一方で、刻々と49日のタイムリミットは近づいてきて…。惹かれあうふたりの感動のラストに号泣！

ISBN978-4-8137-1641-9／定価759円（本体690円+税10%）

『妹に虐げられた無能な姉と鬼の若殿の運命の契り』　小谷杏子（こたにきょうこ）・著

幼い頃から人ならざるものが視え気味悪がられていた藍。17歳の時、唯一味方だった母親が死んだ。『あなたは、鬼の子供なの』という言葉を残して――。父親がいる隠り世に行く事になった藍だったが、鬼の義妹と比べられ「無能」と虐げられる毎日。そんな時「今日からお前は俺の花嫁だ」と切れ長の瞳が美しい鬼一族の次期当主、黒夜清雅に見初められる。半妖の自分に価値なんてないと、戸惑う藍だったが「一生をかけてお前を愛する」清雅から注がれる言葉に嘘はなかった。半妖の少女が本当の愛を知るまでの物語。

ISBN978-4-8137-1643-3／定価737円（本体670円+税10%）